田中慎弥

炎と苗木

田中慎弥の掌劇場

毎日新聞出版

炎と苗木

田中慎弥の掌劇場

目次

会話

山の中で熊に出くわした猟師は全身が凍りついたが、震えはしなかった。両腕は静かに、滑らかに動き、熊に向って銃を構えることが出来た。緊張と興奮の中に早くもわずかな満足が入り込んできそうになるのをどうにか抑えた時、熊が急に表情を変えたように見えた。見間違いだと思った。変えたように見えたのなら、その前にはいったいどんな表情だったというのだ。ばかばかしい。猟師は素早く瞬きをすると、再び狙いを定めた。

本当にばかばかしいことが起ったのはそのあとだ。

「撃つなと言っても撃つんだろう。人間は全く勝手なもんだ。」

猟師は銃を構えたまま動けなくなり、どうにか絞り出した声で、

「どういうことだ。なんで熊が喋《しゃべ》るんだ?」

「熊は喋っちゃいけないって誰かが決めたのか? 言葉は人間特有のものだとでも、勘違いしてるんじゃないのか?」

「いいかげんにしないとほんとに撃つぞ。」

「どうせ最初から撃つ気だろ。」

「分ってるなら訊《き》くな。」

「ほら見ろ。人間が人間を殺せば罪になるのに熊を殺しても罪にはならないなんて、ふざけてる。」

「その代り、熊が人間を殺しても罪には問われないぞ。それでおあいこじゃないか。」

我ながらうまいことを言うと猟師は思ったが、熊はあきれ果てたという顔で、

「それが人間の横暴なところだ。教えてくれ、なんで熊は罪に問われないんだ？」

「熊のくせに罪だのなんだのとでかい口を叩くな。」

「だって変じゃないか。どうして熊は罪を背負うことが出来ないんだ？　台風で電柱が倒れてきて、それに当たった人間が死ぬとする。電柱は罪には問われない。それは電柱が長過ぎて裁判所の建物に納まらないからじゃないだろう。電柱が人間じゃないからだ。単なるモノだからだ。熊は生き物じゃなく、電柱並みの、モノってわけか。」

「お前、それでもほんとに熊か。本物の野生動物ならごちゃごちゃ喋ってないで、人間と勝負すればいいだけのことだ。もっと熊らしくなれ。」

「よけいなお世話だ。」

「それはこっちの台詞《せりふ》だ。」

「どうして法律とか罪とか罰ってやつは、人間だけのものなんだ？　なんで生き物の中で人間

が一番偉いんだ？」

猟師は漸《ようや》く熊を言い負かす術を見つけたと思い、

「ほら、それだ。人間が一番偉いなんて、誰が決めたんだ？」

「誰かが決めたんだろ。」

「いや違う。そっちが勝手に決めつけてるだけだ。お前が思ってるよりも、人間はずっと謙虚に生きてる。」

「人間が一番偉いって決めつけられるほど、俺たち熊は偉くない。謙虚だから何をやっても許されると思ってるんだろ。絶対に殺してはいけないと思っている、だから殺すことは許される、そういう理屈だろ？」

「人間をばかにするのもそのへんにしとけよ。」

「だったらそっちも熊をばかにしろ。ばかにしてもいいから、殺すな。」

猟師は引き金を引いた。轟音が確かに響き渡った。だが目の前に熊の死体はなく、逃げ去ってゆく足音を聞いたような気がしただけだった。意識は冴えていて、かえって夢かと思われるほどだった。

村へ戻った猟師は喋る熊のことを会う人会う人に話して聞かせたが、信じる者は誰もいなかった。腕が鈍って獲物を仕とめられなかった悔しさからそんな下手な嘘をつくようになったのだろうと、気の毒がられた。

猟師は誰とも話さなくなった。あの熊にまた会ったら喋る前に今度こそ殺してやろうと、毎日山に入った、表情を変える前の熊の顔を思い出そうとしながら。

豊富な涙

その女は私に会うと、よく泣いた。あまりにも泣いてばかりなので、たまに笑顔を見ると私は戸惑った。こんなことを訊《き》きさえした。

「ひょっとすると、僕と一緒にいるのが楽しかったりするの？　幸せを感じたりするの？　まさかとは思うけど。」

すると女はそれまで見せていた太陽のような笑顔を引っ込め、自信ありげに眉を曇らせ、力いっぱい泣き始めた。こちらの顔の方が、太陽以上の強烈な輝きだった。直前までの笑顔は本物だったし、幸せそうな女を見て、私も悪い気分になったわけではない。ただ、笑顔が珍しくてびっくりしただけだ。そのはずみで、私と一緒にいて幸せを感じる時は女にとって不幸かもしれない、逆につらいつらいと実感している方が女は楽なのかもしれない、と勘違いして、そんな質問をしてしまったのだ。

またある日には、女が絶対に答えられない筈《はず》の次のような質問をしてみた。

「どうしてそんなに泣いてばかりなの？」

女は、本領発揮とばかりに泣き声を高め、その涙を慌しく折り畳み、涙の理由らしきことがらを並べ出した。なかなか二人切りで会えないこと。会えない間は本当につらいということ。私の妻のこと。今度いつ会えるのかということ。死にたくなること。私はこれらを、冗長な祝辞のように最後まで聞いてやったあと、

「そんなことで泣くなんて、嘘だね。会えないからつらいとか、妻と別れてくれとか、それはそれで君にとって切実なんだろうけど、切実なことで泣いたって仕方ないじゃないか。つらいから泣く。悲しいから泣く。そのくらい誰にだって出来るんだから、君がわざわざ真似することはないよ。」

じゃあどんな理由で泣けばいいの？　あたしの涙はなんなの？　と女は、パチンコ玉のように硬くて滑らかでよく光るどうでもいい反論をした。勿論泣きながらだった。女はいま、誰よりも美しかった。つまり、これ以上ないほど単純だった。私は感動した。

「君の涙に理由なんか必要ないんだよ。理由だの動機だの原因だの、そんな不潔なものでせっかくの涙を説明されちゃかなわない。君はただ泣いている。それだけだ。泣くことは全ての始まりで、全ての終りだよ。君の涙の前には、この世の中のどんなにややこしくて困難な問題も、しっぽ巻いて逃げ出すよ。君が泣くのは、君が女だからだ。泣くのは女の仕事だろ。これほど高貴な仕事は他にないよ。だって泣くことには、理由も意味もないんだからね。子どもを産むことには意味が、まあ、あとからいくらでもくっついてくる。だから女の証明にはならな

い。泣くか泣かないか。女かどうかの分れ目はそれしかない。」

セックスの時、女の涙は完全に止まるのだった。深く満足すればするほど、泣き顔の単純から遠く隔たり、複雑でたくましく、醜かった。私はそこに、女が人間になる瞬間を見て、いつも失望しなければならなかった。下半身の硬度を保つのがひと苦労だった。女は頂に上り詰めようとする時、いかにも人間らしい声を張り上げるので、私は、泣くのと同様に潤っている女の性器に神経を集中した。ありがたいことに、肉体と意識の見分けがつかなくなった。私は女に遅れないように、途中でつまずいて転ばないように、慎重に、確実に頂上を目指し、計算通りの快感を得、安全に坂を下った。乱暴にだけはならないようにと注意した結果だった。二人とも人間的だな、と思った。幸せだった。退屈した。妻を思い浮べると、目の前にいる人間がどうにか、再び女に見えてきた。案の定、また泣き始めるのだった。

ある時女が、やっぱり死にたい、と涙の合間に言ったので、教えてやった。

「大丈夫だよ、泣いている間は死なないから。」

醜い女

新幹線で移動中、手許に原稿用紙を広げ、短編小説に取りかかった。私は普段、自宅でしか仕事をしない。どうしても出先で書かなければならない場合は、喫茶店やホテルを使う。移動中に書くとは、ずいぶん追い込まれている証拠だ。文芸誌の締切りまであと三日しかない。それも編集部に無理を言って漸《ようや》く確保した時間だ。無駄に出来ない。

だが、慣れない場所で仕事をする気になったのは、締切りのせいばかりではなかった。すぐ前の座席に、若い女が座っていたからだ。私は車両の後方の乗降口から乗った。その時すでに女は座っていた。だから、まだ顔を見ていない。席の横の隙間から、また首を伸ばして背凭れ越しに、覗いてみた。肩までの茶色い髪はしっかりとくせづけされていて、乱れがないと言えばないし、初めから艶やかに乱れているとも言える。正確に、生真面目に乱れている。背中を真っすぐに伸ばし、ノートパソコンに向っている。上着は窓の横のフックにかけてあり、シャツだけが張りついた肩が、時折、神経質そうに震えたり、息を吐くのに合せて疲れたように、すっと下がったりする。髪の隙間から細い首筋が見える。連れがいないので声は分らない。

私は短編の中に女を描くことにした。新幹線が舞台の話ではない。ただうしろから見て取れる姿を借りることにしただけだ。顔の醜い女として描くことにした。小説の中で女は、相手の男と、短くて激しい時間を過す。顔以外の全てに恵まれている女の、荒々しいセックス。力強くて滑稽で悲しい生命力。何も前の座席の女が醜い筈《はず》だと決めつけたのではない。むしろ、顔が分らないのだから、どれほどの美人だろうという興味、また、美人に違いないとの根拠のない確信ばかりがある。男としてのその単純な願望から抜け出さなくては、小説は書けない。抜け出せたらあとは書くだけだ。私の主人公はどこまでもいきいきと醜く、男と絡み合った。

そうして自分の創作がこの世のあらゆる女を凌駕し得たと感じた時、席を立って車両の前の方へ歩いた。勿論、トイレから戻る際に本当の女の顔を見るつもりだ。

揺れる個室で用を足し、引き返す。遂に、その時が来る。私の主人公がいかに現実を飛び越えたかを確め得る瞬間。

女の顔は、予想とは全く違っていた。つまり、私の主人公よりも醜かったのだ。私は恥じた。男の願望として美しい女しか想像しなかったこともだが、現実を飛び越えたつもりだった作家としての私の創作力が、結果的に全く未熟であることを思い知らされたためだ。腕によりをかけて丁寧に描いた主人公、完璧に醜い筈の我がヒロインは、完敗だった。その女の醜さは、現実離れしていながら、まぎれもなく現実だった。あらゆる小説に登場するたくさんの醜い女が束になってもかなわない、夢のような醜さだった。

恥しさと、作家としての失意は、私を苦しめた。目の前にはやはり美しく乱れた髪と細い首ばかりがあり、顔は見えない。だが一度見てしまった顔は、見えていなくても見えているのと同じことだ。創作によってこの現実を乗り越えるには、よほどの気合いと高い技術が必要だ。読者に現実だと思ってもらうだけの描写力がなければ、現実離れした醜さは描けない。

私は格闘した。顔の輪郭や目鼻立ちを一つずつ、毛穴が見えそうだというほど細かく描き出し、そうかと思えば全体を大づかみに、一気に浮び上がらせもした。髪や服はもう、前の座席の女に似せはしなかった。どこまでも勝手に描き出していった。

しかし駄目だった。現実には勝てなかった。だから次に、最も安易な方法を取ることにした。主人公を、美しい女に変えたのだ。すると苦労しなかった。美しさは醜さよりも罪がなく、単純だった。こうして、いままで描いたことのないほど美しい、ばかのような女が出来上がった。

別れるまで

固く握っていた女の手を、祭の雑踏の中で放してしまった。放してもいい、別れても良いと思ってはいたが、実際に放してみると、握っていた間の女の掌の熱や、指の骨張った曲り具合が、私の掌になまなましくこびりついていた。本当は別れたくなかったのかもしれない、と疑ったほどだった。

人込みはすさまじく、途切れることがない。体がぶつかるだけでなく、人々の群を掻き分けなければ歩くことが出来ない。どこかで爆竹が鳴り、喚声が上がる。夜店も大声で客を呼ぶ。迷子らしい子どもが母親を探して泣いている。私はふいに、どこにいるのか、どんな顔なのか分らないその子どもが、一瞬、とてつもなく憎らしくなる。泣きさえすれば母親が戻ってきてくれると信じているに違いない、下品で傲慢な、子豚のような声。絞め殺したくなる声。この世の大人の耳という耳に自分の幼い不幸を訴えかける、始末に負えない声。

私は手を放してしまった女を、服の色で探した。赤だった。私をばかにしているとしか思えない強い赤だった。あんな恥知らずな色はそうどこにでもあるというものではないから、子どもの泣き声と同じように、はっきりと分るだろう。

私はその服を、何度も脱がせたことがあった。女に自分で脱がれるのはいやだった。いつも私の手で無理に脱がせた。行為そのものも、二人とも満足することもあるが、私一人が勝手に終ってしまって女は置き去り、ということが少なくなかった。女は文句を言わずに、ただ恐しくよく光る目で睨《にら》むのだった。裸の女の横で赤い服が虚《むな》しく丸まり、着てくれるのを待っていた。女は抱けるが服は抱けない、と思ったりした。

人の流れは一つの方向でなく、前後に、時には左右に行き違って、とどまることなく粘り強く動いている。浴衣の女がいた。肌を大きく露出させた女から、体がこすれ合ったために大声で罵《ののし》られた。赤ん坊を連れた夫婦や、心中しにゆくとしか思えない平穏な顔つきの、年を取った男女もいた。小学生の一団が大人たちの体の間に裂け目を見つけ、素早く通り過ぎていった。ふっと人の波に乱れが出て、そこでは酒に酔った男が俯《うつむ》き、肩を震わせて唸っているのだった。震えが激しくなり、男は嘔吐した。出たものは滑らかに煌《きら》めいて地面を覆った。人々は無視して傍を歩いていた。せっかく吐いたのにあれじゃあ意味がないな、と思った。

夜店の照明が鋭く目立ち、空の闇が濃くなった。張りついている星が、男が吐いたものの飛沫に見えた。祭は空と地上をただれさせ、時間ばかり経過させ、人々は、祭という目的を忘れ、いまはただ歩くためだけに歩いていた。人数は宵の口の倍ほどになり、前の体を押し、またうしろから押されながらでないと進めなくなった。だがやはり、途中で止まりはしなかった。人の流れは一つの大きな生き物になり、その中にいる一人一人はそれでもまだ、個人としての意識を保っているのだと信じているらしかった。その証拠に、誰も一様に、幸せそうだった。何も考えていない顔だった。私もそういう顔になりたかった。照明に時間を狂わされた鳥が、低いところを飛びながら鳴いた。

ふいに手を握られて振り向くと、女だった。

「よかった。どこ行ってたの。探したんだから。急にいなくなっちゃって、どうしたのかと思った。」

黒い服だった。私をばかにしてはいなかった。いつもの顔つきだった。

「手、ちゃんと握ってよ。」

「そうだな。ごめん。」

女が赤い服を着たことなどなくて、無理に脱がせたこともないのを思い出した。赤い服など、これからも見ることはないだろう。私は女の手を握った。

「別れて、くれないか。」

私

家を出る時、確かに妙な胸騒ぎを覚えはした。玄関を出ると、胸騒ぎというものが大抵はそうであるように、すぐに気にならなくなった。だから、永久に雨が降らない空と同じ、非常にすっきりとした気分で散歩を始めたのは間違いない。少なくとも心と体にはなんの問題も、迷うところもなかった。

それがいけなかったのだろうか。道の先から、妙な人物が歩いてくるのが目に入った。だがそこで胸騒ぎが再び起ったのではない。さっき胸騒ぎがしたことを思い出しただけだ。何よりもその妙な人物は、こちらに警戒心を持たせる要素が決定的に欠けていた。私を、この世で最も安心させる人物。

それは、私だった。私自身が、向うから歩いてきたのだ。背丈といい、着ている服といい、顔立ちといい、どこからどう見ても私に間違いない。私がはっきりとこの世に存在している。これはごく当り前の、なんの不思議もないことだから、胸騒ぎも起らず、驚きもしなかったのだ。勿論、道を歩いていて私と出くわすことなどそうめったにあるものではないから、心になんのざわめきも生じなかったわけではないが、もし私が私を見て私を否定しようものなら、私が私の存在を認めていないことになってしまうではないか。私は歩みを緩めず、真っすぐに私を見つめ、私に向っていった。

するとと私の方でも、私に気づいた。私はかなり驚いたが、私はもともと、私ほどに驚いていないので、そのまま私との距離を縮めていった。だから私自身との間に距離を感じて、驚いてしまった。

私は、私とすれ違った。瞬間、何もしないで通り過ぎるのも変なので、私に向って会釈した。私も私に頭を下げた。私は、遠くなってゆく私の足音を聞いた。その音はまるで、かつて世界のどこかにあっていまは失われてしまった言語の最後の響きのように、いつまでも私の耳に残った。その言語は私の記憶の中だけでいつまでも生き続け、私には理解出来ない物語を作りそうだった。

散歩の最中、私は何度も私を見かけた。私は腕時計を見ていた。カフェでコーヒーを啜《すす》っていた。本屋で平積みになっている新刊書を立ち読みし、あくびをしていた。道路の段差につまずいて転びそうになった。大きなくしゃみをした。かぜをひいているのだろうか、そんな覚えはないのに、と私は思った。私は時々、溜息を吐いたり、眉をしかめたり、公園のベンチに座って一点を見つめ、何か考えていたりした。そういう私の表情が、私には新鮮だった。たとえ何か悩みがあるのだとしても、真剣に生きているのだ、と自分のことながら誇らしくなった。

私にあとをつけられていると知らない私は、あてどもなさそうに街をぶらぶらしたあと、やがてある意思を持った足取りで歩き始めた。私は、私を追った。

私は私の住む住宅地に辿り着き、私の家の扉を開けた。私の妻が私を出迎え、私が家の中に入り、扉が閉まった。私はどうやら幸せな生活を送っているらしい。私はひどく嬉しくなった。私の幸せに私は満足した。

そして私は、私の家の外に取り残された。何も問題はない筈《はず》なのに、私は私の幸せが悲しかった。あんなに幸せそうな私自身を確認したのだから、もっともっと幸せな気分になるべきだった。私は、私の幸せが羨《うらや》ましかった。まるで他人に嫉妬するようだった。だが、私が幸せなのには違いなかったので、どうすることも出来なかった。

私は街を歩き続けた。あちこちを注意深く見回したが、私の目に、もう私が映ることはなかった。私はどこにもいなかった。目に見える人間は全て他人だった。私は、私一人になった。こういうのをアイデンティティーと呼ぶのだろうかと思った。私が私であるということを、私が、私だけのこととして確め、私の今日が終った。

トンネル前

国道のバス停から毎朝出勤する。七、八人の決まった顔ぶれと一緒になる。自宅がごく近くて名前も家族の人数も知っている人もいれば、どこに住んでいるのかさえ分らない人も混っている。バス停で姿を見るだけの人が、私の自宅とそんなに離れていないところでなんらかの生活を送っていることが、さして印象深くもない夢のように意識にまとわったりもする。

だがその女はどう見ても七十を大きく超えているから、実生活を想像してみても特に面白くはない。毎日は一緒にならない。一日おきだったり、週に一度だったりする。暫《しばら》く姿を見ないと、入院したのだろうか、亡くなったのだろうかと想像し、またふいに朝のバス停で出会うと、自分が思いの外その女のことを考えていたのだと気づいていやになる。

実際、いやな女なのだ。いつも品のいい服を着、背筋もしゃんとしていて、一見すると変わったところは何もないが、顔を合せる度、私が何をしたというわけでもないのに、なぜか妙な言葉を浴びせるのだ。私が使っている鞄を指差して、何が入っているんだか分ったもんじゃない、とか、高い給料貰ってるんだろうにいつも貧乏臭い恰好しちゃって、とか、あんたなんかから見たらこんな年寄はどうせ邪魔者でしょうねえ、などと呟く、親しい相手に今日の天気のことを話しでもするようなあけすけな口調で。私が意識的に睨《にら》みつけると、その時女はもうよそを向いていて、最初から何も言っていないし関心もありませんという横顔をしている。女はいつも、トンネルの前のバス停で降りる。

不思議なのは、この女が私にだけ口を利くという点だった。バスを待つ他の誰かに何か言っているのを見たことがない。なのでしまいには、他の客たちが、私の方を妙な目で見るようになってしまった。ちょっと頭がまともでない女も女だが、そのまともでない人間にいつも話しかけられているこの男の方にも何か原因があるのではないか、むしろ男にこそ何かの落度があって、女は本気で恨んでいるのではないか、といった感じの視線まである。バス停を一つずらすと大変な遠回りになるので、仕方なく同じところから乗り続けている。

その日もまた、あんたなんにも気づいてないみたいね、と言われた。私がこの女のことで何を気づかなければならないというのだろう。我慢が出来なくなった。

女と同じ、トンネル前のバス停で降りた。女と私以外に誰も降りなかった。女は私に気づいているのかいないのか、振り向きもしないで、トンネルの横の山道を登ってゆく。あとをつけた。急な勾配で階段がついているわけでもないが、踏み固められている。案外と滑らない。女のうしろ姿は、草木の蔭に消えたかと思うと意外なところに現れたりする。年に似合わず強い足腰をしている。

とうとう見失った。なんでこんなところまでつけてこなくてはならないのかと、ばかばかしくも情なくもなった。なのに惰性がついたように足は動き続け、小高い場所に出てやっと止まった。

遠くに海が見える。かもめが交錯しながら飛んでゆく。女は墓石らしいものの前で膝をつき、手を合せている。それが長い。全く動かない。ふと、女の声が聞えた気がして、反射的に女の背中へ向って手を合せると、あとを見ずに駈け下りた。いくら待ってもバスが来なかったのでトンネルの中を歩き、次のバス停でやっと乗れた。

翌日、朝のバス停に女はいなかった。私はほっとして座席に腰を下ろした。バスは走り出した。

おや、と思った。トンネル前には、バス停そのものがなかった。勿論バスは停まらなかった。次の日もその次の日も、そこにバス停はなかった。女もいなくなった。

庭の光

夏の庭に光が満ちている。光は時に、粒になって滴り、針になって突き刺さり、水になって溢《あふ》れ、そうかと思えば、時間となって滞り、低い庭木が地面に落す影にむしばまれ、悪い病気のように暑苦しく繁る葉の表面を磨き上げもしている。崩れた煉瓦の壁。水撒《ま》きに疲れた青いホース。五分前に庭を横切った猫。花が終った紫陽花。鳥のやってこない巣箱。全体に走っているひびそのものに支えられている植木鉢。落ちそうで落ちない蝶。赤い縫い目がほつれた野球のボール。毒を持たない蛇。

夏の庭に欠かせないこれらの他、光はさらに、よけいなものもじっくりと照らし出さずにはおかない。誰がいつ忘れていったのか思い出せない涙。二年前に突然降ってきた流れ星のかけら。剃《そ》り落されたキリストの髭《ひげ》。女が密かに抱いていた殺意の切れ端。社会主義の夢。母が私を呼ぶ声。幽霊の足跡。

自分がまだ生きていた頃のことを思い出す。足は大地を不安げに踏んでいた。歩く道はどこにもないのに、つまずいてばかりだった。他人を蹴ることは出来るのに、自分を蹴ろうとしても届かなかった。そのくせ、苦労や悲しみや責任は、きちんと跨いで通った。くるぶしは目を閉じて私を嘲《あざけ》った。

　腕は足以上に自由に動くので困った。絶望や憎しみを、紙幣のように乱暴につかみ、懐へ入れた。銃を撃ち終ったばかりの指が女を喜ばせた。本の頁《ページ》をめくるのに飽きて煙草を吸った。指輪は抜けなくなっていた。運びたくない荷物を抱え上げるのと丁度同じだけの力を使って、初めての子どもを抱いた。

　私は確かに呼吸していた。四季を嗅ぎ分け、過去を振り返り、腹をすかせ、仕事に汗を流し、時々空を見上げてはこの世の何もかもを恨んだ。眠れば夢を見て、目が覚めると泣いていた。性根のよくない友人ばかり出来た。狭い家で暮し、自分を不幸だとも幸せだとも思わなかった。

　狭い家とは、私が生きていたこの世界そのもののことだ。私は様々な時代に生きていた。ある時、世界は戦乱だった。人が燃え、記憶が燃え、夜が燃えた。戦火の中にいる人々の間にはまだ、小石のような愛情が、かろうじて燃えずに残されていた。終戦のあとで私も、握りしめていた愛情をそっと確めてみた。それは間違いなく愛情だった。戦乱の悲惨を寄せつけない、無垢で冷酷な、生成りの愛情だった。だから私は焼け跡の片隅で、その純粋な愛情を振りかざし、何人もの女を傷つけた。

　だが、ある時の私の人生は、ひたすら女に尽す日々でしかなかった。私が卑屈になればなるほど、女は満足した。そこに愛情は必要なかったので、私は楽だった。女を殺す必要がないのと同じことだったから。

またある時の私の人生は勤勉な役人だった。国と国民のため、一度も顔を見たことがない上司のため、何よりも、なんのためだかさっぱり分らない仕事のために、私は生きた。ある人生では無害な夫と父親であり、別の人生では犯罪者であり、また別の人生では、私は女になっていた。

様々に生き、様々な死に方をした。まるで死ぬために生れ変ってゆくかのようだった。神を信じていない私は、神を憎む代りに、私自身を憎んだ。

私のどんな人生にも、光は暴力的に差していた。私はいま、その光に溢れている庭を見ている。私は庭にいない。庭には土があり、木と草が生え、葉陰には多くの時間がまどろんでいる、これまで私が生きてきた時間が。私はもう、生れ変らない。ただ、この荒れ果てた庭とそこに差す光を眺めている。空気は澄み、別の人間の別の人生が確実に育まれてゆく。私は恐る恐る、庭に向って手を伸ばしてみる。光に触れられるのではないかと、一瞬思う。

指先が、凍りついた。

慈愛

私が乗った時点で、地下鉄のその車両は満員だった。より正確に言えば、まだ一人分の空きがあったところへ最後に私が乗り込んだおかげで丁度ぴったり満員になった、といったところだろうか。そのくらい、一分の隙もなく、またぎゅうぎゅう詰めの割には互いの体が所定の位置にきちんと落ち着いている感じ、積木が箱の中にぴたりと納まっている感じだった。走り出した。

私はドアのすぐ傍に立っていたので、次の駅での乗り降りの時、一度ホームに出て中の客が降りるのを待ち、また乗った。その、ホームで待っているわずかの間、もしこのまま乗らずにこの駅に残ったらどうなるだろうか、と考えた。会社に遅刻するだろうか。いや、すぐに次の列車に乗れば問題はない。この路線はよく知っているから乗り間違いはない。たとえ仕事をサボッたとしても、見知らぬ土地に来たというわけではないから、特に不安もなく、地上に出てぶらぶらするくらいのものだろう。

それでも、改めて乗り込んだ列車が動き出したあとで、いまのホームに残っていたら自分の中の何かが、なんなのかは分らない何かが、確実に、劇的に変ったのではないかと思えた。それはきのうだと早く、明日だと遅い。どうしても今日でなければならなかったのではなかろうか。列車の乗り降りという、なんの変哲もないその瞬間こそが、私の人生を一気に好転させる、人生で唯一の機会だったのかもしれない。

根拠のない、ありもしない運命を取り逃がした後悔に、私はふけった。ホームに残ったあとで何が起ったかは問題ではなかった。極端に言えば、劇的な変化などどうでもよかった。ただホームに残りさえすればよかったのだと思った。私の下にある、わずか靴一足分のホームのコンクリート、それこそが、私を日常の外に連れ出してくれる筈《はず》だったのではなかろうか。

すると、人の体に隠れて私からは見えない反対側のドアのあたりで、いきなり女の悲鳴が上がった。周りの客たちもざわついている。女はドアの下の方を恐しそうに見つめながら人の間を逃げる。そこに何があるのか、私からは全く見えない。スーツのサラリーマンたちは顔をしかめ、そちらを見て見ぬふりをしている。と、また、今度は男たちの、溜息や舌打ちが聞える。だがやはり私の位置からは、いったい何が起っているのか、その片端さえ見えはしない。そのうち客たちが、何事か目配せをし、中には唇の前に人差し指を立てて口止めをする者までいる。いったいどうしたというのだろう。首を人の体の間に捻じ込んで確めようとした時、丁度列車は次の駅に滑り込んだ。反対側のドアが開く。客たちの何人かが、ホームに向って何かを蹴り出したのが分った。ホームで待っていた客たちは驚いてそれをよけ、跨《また》いで、車両に乗

り込んでくる。私はとうとう我慢出来なくなり、目の前に立っていた体の大きな男に、

「あの、ちょっとお伺いしますが、いったいいまここで何があったんでしょうか。」

大きな男は事務的な笑いを浮べ、顔の前で手を振りながら、

「いえいえ、別に。お気にされるほどのことは何も。」と言って目を逸《そ》らした。

私だ、となぜか私は思った。ホームに蹴り出されたのは、きっと私だったのだ。自分の人生に起る変化とは、つまりはこういうことなのだろう。それはホームに残ることではない。列車から蹴り出されるということなのだ。私は吊革を強く握った。

天井からぶら下がっている女性ファッション誌の広告では、若くて目の大きなモデルが微笑んでいる。驚いたことにその口許には、見る者を包み込む慈愛が浮んでいる。破り捨てようとして手を伸ばすと、よろけた。次の駅に滑り込んでゆく。

最後の痛み

朝、新しい榊《さかき》を上げようとして失敗した。神棚は高い位置にある。小さな踏台を使わなくてはならない。いつものことなのに、どういうわけでか踏み外してうしろ向きに引っくり返り、腰を打ちつけてしまったのだ。初めは痛みより、自分が畳に落下した時の音のあまりの大きさに、隣近所は何事かと驚いているだろうな、と笑いそうになったくらいだったが、体を起そうと畳に肘をついた瞬間、腰に鋭い痛みが走って、また仰向けに戻らざるを得なくなった。

さてどうすればいいかと一応考えてはみた。いつまでもこのままというわけにもゆかない。とりあえず、腰に負担がかからないようにして起き上がろうと思い、今度はいきなり肘をついて上半身を起すのではなく、まず体を横向きにしてみることにした。ところが、ただ半転させようとしてみただけで、腰に小さな雷が落ちるかのような痛みが走る。試しにもう一度、腰の様子を探りながら、寝ているライオンのそばを恐る恐る通り過ぎようとする気分で横を向うとするが、痛みは私の意図を見逃さずに、腰を鋭く走り抜ける。仕方なく、また仰向けになる。

私は一人暮しなので家族の助けはない。さっきの音に驚いた誰かが来てくれる気配もない。かなり大きく響いたと思ったがそれは踏台から転げ落ちたということそのものに自分でびっくりしたための錯覚であって、実際は近所に聞えるほどの音ではなかったのだろう。

どこかの誰かに期待出来ないとなればこれはやはり、自分でなんとかするしかない。その意欲の裏に、ひょっとするとこのままどうにもならないのではないかとの、焦りとも諦めとも言える気持が潜んでいるのを見ないようにして、今度こそと決意を固め、しかしゆっくりと、体を動かしてみる。

小さな雷が腰の内部で我が物顔に走り回る。だが、それ以上大きくなりはしない。これまでの人生で体験したことのない痛みであってもさっきから何度か体を起そうとする中で、だいたいの程度は分ってきた。ここは一気に起き上がるしかない。そう決めて、体を完全に横に向けた。雷。だがそれは腰を駆け巡っているだけで、最悪の、最大の痛みにまでは届いていない感じだ。私は畳に片手をつき、素早く体を起そうとした。

最後の痛みは鋭くはなかった。雷でもなかった。果して痛みと呼べるのかどうかも怪しかった。ただ腰が、誰かに強く握られたかのようにひび割れて、いくつにも分裂し、そうして何秒かの間呼吸が止まり、全身が腰から徐々に砕け散ってゆく感覚に襲われ、気づくとまた畳の上に、仰向けに引っくり返る姿勢になった。

今度はもう、体から力という力が全て抜けてしまったのがはっきりと分った。骨一本、筋肉一筋さえ、私を支えようとはしていなかった。重たい体が畳にめり込んでゆくのではないかと思われた。もう体を起すことは出来ない。痛みさえ二度とやってこない。動けない。動かなくていい。恐怖が静かな歩き方で、諦めを通り越した安心の仮面を被って真っすぐに近づいてき、やがて私の内部に、柔かな砂を掻き分けるようにゆっくりと入りこんでくるのが分った。

神棚と、艶やかな榊が見える。榊は落すことなく上げることが出来たのだ。私にはそれがなぜか悲しかった。強い相手に降参する犬のように腹を上に向けて動けなくなっている私を、神は見下ろしている。

神は、私を助けるだろうか？　新しい榊を上げるのと引き換えに起き上がれなくなった人間を、それは御苦労だったねと優しく抱き起してくれるだろうか？

私は畳に沈み込んでゆきながら、神を待った。本気で期待した。それはまるで、この世にはどんな救済もないのだと信じているのと同じ、穏やかな心持だった。

墓

墓石は雑草に囲まれ、石の表面に刻まれた文字も読み取れないほどぶ厚い苔に覆われている。虫が這っている他は、供え物も花もない。誰かが墓参りに来ている様子は全く感じられない。よく見れば、時間さえもが蛇の抜け殻のように草の中に横たわり、二度と起き上がれそうにない。

女が幼い息子の手を引いてここへ来たのも、今日が初めてだった。墓に入っている男は息子の父だが、女の夫ではない。生きている間はあれほど方々に関係を作り、まだお腹に入ったままの息子を連れて女が出てゆく時になっても、行きたいんなら行けばいいよ、僕も行きたいところへ行くから、と微笑んでいたくらいなのに、いざ死んでみると誰からも相手にされないとは、人間はいったいなんのために死に、なんのためにわざわざ墓石の下などに入らなければならないのだろう。

「お父さんにご挨拶しなさい。」

「お墓だよ。」

「これがあなたのお父さんなの。」

「なんでお墓がお父さんなの？」

「細かいことは気にしなくていいから。」

「お友だちのお父さんはお墓じゃなくて、だいたい人間だと思うんだけど。」

「よそはよそ、うちはうちなの。あんまり考え過ぎると生きるのがつらくなるわよ。」

「なんでお父さんはお墓なの？　どうすればお墓になれるの？」

「人間は誰でもお墓になれるわけじゃないの。死んでしまった人だけ。だからお母さんもあなたも、まだまだお墓にはなれない。」

「じゃあ早くお墓になれるといいね。僕もお母さんも早く死ねるといいね。」

「人間は、そう簡単には死なないものよ。」

「でもお父さんは死んだんでしょ。」

「あなたはそんなに死にたいの？　お母さんはまだ死にたくはないんだけど。」

「だって僕とお母さんは人間なのにお父さんだけお墓って、変じゃない？」

「そうね。確かにお父さん、かわいそうね。」

「違う違う。かわいそうなんじゃないよ。一人で死んでお墓になったお父さんはずるいんだよ。僕もお墓になりたいな。」

「そんなこと、お母さん許さないからね。」

「お父さんがお墓になるのは、誰が許してくれたの?」

「神様が……たぶん神様だと、思うけど」

「神様が許してくれれば死ねるの? 神様に許してもらうにはどうすればいいの?」

「悪いことをした人間が、自分は悪いことをしてしまいました、お許し下さいって頼めば、許してくれるんじゃないかな。お父さんは、ものすごく悪い人だったから。」

「じゃあ僕らも早く悪いことしようよ。」

「人間は、悪いこと、しちゃいけないの。」

「でもお父さんはしたんでしょ。」

「だからお墓になっちゃった。」

「お母さん、なんで泣いているの? 悪いことしちゃいけなくてお墓になれないから?」

「そうね。お父さんはお墓なのにね。」

「よし、大丈夫。僕、頑張って、お母さんの分まで悪いことしてあげる。すっごくすっごく悪いことするからね。期待しててね。もうすぐ、お父さんみたいにお墓になれるからね。楽しみだね、お墓になるの。」

「神様が、許してくれるかな。」

「そうだ、神様ってどこにいるんだろ。」

息子が墓地をさんざん探し歩くので、女はついて回らなければならなかった。

季節が違うのか、風向きの加減からか、そもそも墓地の場所がよくないのか、神はどこにも見つけられず、ただ井戸の傍に、白い花が一茎、いまにも開こうとしているだけだった。母は息子と一緒にその花を丁寧に折り取ると、水を汲み、墓の前へ戻り、手向けた。女は思わず、

「この花が咲いたら……」

「咲いたら、悪いこと出来るの?」

「この花が咲いたら、お父さん、お墓から人間に戻って帰ってこないかしらね。」

炎と苗木

私は恐しく大きな音に眠りを破られた。目が覚めたのが朝だったか真夜中だったか、いまではもう忘れてしまった。その時すでに、朝か夜かという時間の感覚が奪われていたのに違いない、気づくと部屋の天井が吹き飛ばされ、世界中の光を一か所に集めたように不自然な強い輝きが空を埋めていたのだから。どんなに厳格な運命や法則さえも舌を巻くほどの無意味な光。神は物陰から息をひそめて見ているだけだ。

街は空からの光に焼かれて燃えていた。そこらを歩いているのは人間だったり、きのうまでは人間だった何者かであったりした。勿論《もちろん》、きのうというのがいつのことだか分りはしない。炎は物質を呑《の》み込むついでに人の記憶をも溶かし、空間に塗りたくってゆく。炎の刃で切り裂かれた建物の断面から青く腐った血が、女がつく見えすいた嘘のように、無邪気に正直に流れ落ちる。今日は安全な日よ。この体は絶対に安全よ。病気一つ持ったことはないんだから。卵なんて一粒も残ってないんだから。こんなに清潔な女、どこにもいやしないんだから。

橋はまだ落ちていなかった。だが炎に包まれていたので、そこを通って街から抜け出せるのは、やはり炎で溶けた刑務所の中にいた囚人たちだけだった。犯罪者が炎と仲がいいのは言うまでもない。清く正しい人々は橋のたもとで額を集め、時々物陰の神の方を、希望にそっくりの絶望の目つきで見つめるのだったが、偉大なくせに弱気な万物の主は、死んだ自分の息子をすぐには生き返らせなかった時と同じく、混乱と迷いの中に留まっていた。人々はそんな役にも立たない神にばかり頼るのはやめようと思い、再び額を集めて、信じてもいない何かに向って祈るのだった。

鳥たちは飛びながら燃え尽きた。地中の蛇は深く潜って逃げようとしたものの、炎に追いつかれ、自分の頭から遠く隔たっている筈《はず》の尾の先が焼けるにおいを嗅《か》いだ途端、何かを諦めたように悶《もだ》え始めた。喜んでいるようにも見えた。

街の外れから広がる湖はどうにか炎に抵抗しようとした、物陰の神から最後まで戦えと命令されてでもいるみたいに。空にまだ、あの強烈な光がなかった頃、湖面は沈黙によって磨き上げられ、羽を休めようとした水鳥がうっかり着水しようものなら足の先を切り落されてしまうくらいの、冷酷な銀色をたたえていたものだった。だが水は、自分の全身が炎によって空中へ吸い上げられるのを、かつて自分が削り取った水鳥たちの貧弱な黄色い足のような薄れてゆく意識で捉えていた。

人々の涙も蒸発した。不潔だった植物は見事に焼き払われた。街の歴史が消え、未来が消え、日付が消えた。太陽も星も炎で隠れた。天体から孤立した街が宇宙に浮んでいた。

私はその光景をどのくらいの間、まるで他人事のように見つめ続けていただろう。叫びを上げて燃える生家。めくれ上がる裏庭。灰より細かく砕けてゆく父の骨。生れてからいままでに見た夢が一つ残らず焼け死んでゆく轟音《ごうおん》。何かを呪ってでもいるように、脱出のための船のありかを私に訊《き》く母。私は答えなくてはならない。答があるかどうかは問題ではない。目の前の炎は、やはり私にとっては他人事でしかないが、それは私自身に、見え過ぎるくらいはっきりと炎の街が見えているからだが、炎を見る余裕もなく私に助けを求めることで炎を我が身のこととして受け止めている母に、答えなくてはならない。

ごめん、船はないんだ。どこにも、一隻も。その言葉もすぐ炎に包まれてしまう。

ないのなら、造りなさい、と母は言う。

材料になる木もないんだ、と私は言う。

だったら苗木を植えなさい、と母は言う。

忘れていたこと

女を殺し、女の部屋を出た。一瞬、何かを忘れてきた気がしたが、戻りはしなかった。誰にも見られていない。しかしどうしてそんなことが分るだろう？　いや、分る。絶対に、誰にも見られていない。そう言い聞かせれば言い聞かせるだけ、ますます誰かに見られている気がしてきた。

そこで今度は、心の中で開き直ることにした。あれは誰がどう見ても間違いなく悪い女だった。決して思い込みではなく、実際にそうだったのだ。何人もの男から金を巻き上げ、男たちの家庭を破壊して悪びれなかった。俺だけじゃない、みんながあの女に消えてほしいと思っていた筈《はず》だ。女のせいでいったい何人が不幸になっただろう。おまけに女は、ひどく美しかった。もし醜かったなら、ここまで他人に恨まれることもなかったかもしれない。悪を成せなかったかもしれない。美しいからこそ悪くなり、悪くなることでいっそう美しくなる。美と悪は互いに刺激し合って、あの女を作り上げた。あの女が悪くさえなければ、美しくさえなければよかったのだ。ゴミのように、穴のあいた雑巾のように、平和のように醜く生れついていれば、何も問題はなかった。醜い女は平和だが、美しい女は平和を乱す魔物だ。取り除くに限る。美しい女が幅を利かせているこの危険な世の中を、醜い女ばかりの平和な世の中に作り直す、そのために殺したのだ。あの女が死んで悲しむ人間などいない。俺はきっと感謝されるだろう。拝まれながら死刑になるだろう。違う。あんな悪い女を殺したのだから、情状酌量もいいところだ。死刑判決を下すことだけが生きがいの裁判官がいたとしても、さすがに俺を死刑にすることは無理だろう。その裁判官が女なら、それも醜い女なら完璧だ、自分の身をもって、平和の大切さを発信することが出来るだろうから。あの女は、殺されるべくして殺されたのだ。悪い女を殺した俺は、悪くない。

そうして希望に胸を膨らませながら夜道を歩いていると、もう誰に見られていようが構わないという気になってきた。いっそ誰からも見られて、あいつが人を殺したのだと指差されたい。通報してほしい。警察で何もかも洗いざらい喋《しゃべ》りたい。自分がどれほど世の中の役に立つことをしたのか、とにかく知ってほしい。

すると、弱い街灯の光に照らされ、暗い路上で何かが輝いた。だが近づいてみると、掌に収まる大きさの、鈍い銀色をした十字架に過ぎなかった。十字架、と呼んでいいのかさえ分からない。単純な十文字の形をしているだけの、ただの金属片でしかない。これといった装飾もない。鎖をつけるためらしい小さな穴があるだけだ。拾い上げた。軽くて冷たかった。

急に寒けを感じた。体が震え始める。自分に信心はない。十字架一つを怖がることなどあり得ない。なのに震えは止まらない。足が一歩も前に出ない。自分はまさか、後悔し始めているのだろうか。殺さなければよかったと思い始めたのか。たかが十字架一つを拾っただけのことで？　日頃は親の墓参りさえしない俺が、一人前に信心を芽生えさせてしまったというわけか？　そして罪悪感に満たされて、歩き出すことも出来なくなってしまったというのだろうか？

脇腹に焼けつくような痛みを感じる。だが、それは、いま急にやってきたものではないことにすぐ気づく。痛みの中心を触ってみて、掌を街灯にかざす。血に濡れて光っている。反対の手に持っていた十字架を取り落とす。痛みが全身の力を奪ってゆくのが分る。膝をがっくりとつき、路面に横倒しになる。女の部屋に何かを忘れてきたと思ったのはこれだった。殺すつもりだったこちらの方が、逆に刺されて、部屋から逃げ出してきたのだった。そのことを、ずっと忘れていた。

血まみれの手が、十字架を探した。

表現の自由

家を出た途端に強い風が吹きつけてきて、思わず目を瞑った。だが、この街には何百年も前から風が吹いているので、特に珍しいとも思わなかった。一瞬、顔の形が変えられてしまうかもしれない、と不安になるほどの強風であっても、そう簡単に人の一生を左右することなど出来る筈《はず》がない。

私が市役所の玄関からロビーに入ったあとも、風はこの古びた建物全体を揺さぶり続けていた。見回しても、電灯がともっているフロアには誰もいない。作家である私に確めたいことがあるという主旨の呼び出しを受けて来たのに、これではまるで、飛び方の下手くそな鳥が風にあおられて、来たくもなかった洞穴に迷い込んだみたいだ、と思ったのを見すかしたように、奥のエレベーターが、チン、と鳴って、扉が開き、市の制服である灰色のぶ厚い上っ張りを着た五十くらいの男の職員が一人、降りてきた。彼が現れたことで、フロアのがらんとした感じがいっそう強まった。

「これはどうも。御足労を願いまして。」

「で、私に確めたいことというのは?」

職員は大きな蕾《つぼみ》が腐りながらほころんでゆくような巨大な笑顔を浮べると、

「先生は、我が市を批判する小説を物しておられるやにうかがっておりますが。」

「そのことを誰からお聞きに？」

蕾が一段と大きく開いて、

「大変申し訳ないのですが、先生は訊《き》かれたことだけにお答え下さればよろしいのでして。そのような批判的なものを、お書きになっていらっしゃるのですね？」

「批判というのはあなたがたの側から見て、というだけのことでしょう。市の財政が崩壊しているのは分り切った話だ。それを一気に打開するためと称してあんな時代遅れの核関連施設を誘致するなんて、破れかぶれもいいとこじゃありませんか。だいたいですよ、死にかけの地方都市というものは、いや、厳密に言うと地方都市をねぐらにする地方議員、地方官僚、そこへ群がってくる硬派軟派の様々な業界の人間というものは、自分たちの痩せた腹を少しでも太らせるために、大都会の連中がいやがる仕事、危険な事業を押し戴いて、それが地方自治だと思い込んでる。それに今度の核施設、ただの研究所というのは表向きで、内実は核兵器の開発という話もある。現に大手機械メーカーの役員がそのことを堂々と口にしてるじゃありませんか。もっとも市長はいまだに認めようとはしませんがね。」

「で、他にはまだ何か？」

「何かって、何がです？」

「仰《おつしや》りたいことはそれだけですか？」

「だから、市政の闇を暴く小説を書いて何が悪いのかと、私はさっきから言ってる。」

「いいえ、悪いだなどとは申しておりません。思想の自由、表現の自由、大いに結構じゃありませんか。どうぞどうぞ、私どもは先生のお仕事を妨げようなどとは、全く考えておりません。」

「じゃ、なんで私は今日、ここへ呼ばれたんです？　私に確めたいことというのは……」

「もう確認出来ました。いくらでも書きたいものをお書きになって下さい。先生はこの役所の建物にいる限り、無限に自由です。」

「ここに、いる限り？」

「先生はもう、ここから一歩も外へ出る必要はありません。食べる物、寝る場所、全てこの中に揃《そろ》っています。一生涯、安心してここで暮してゆけます。素晴しい。」

「素晴しい？　冗談じゃない。ここから出して下さい。」

「先生はここにいて、初めて自由なんです。外へ出たら、その時は……」

「出たら、どうなるというんです？」

「そんなことを考える必要はありません。あなたはここで、自由に書けばいいんです。」

私は振り向いて外を見た。風はやんでいた。

桜

私はずっと昔から、こうして世界の片隅に立ち続けてきた、私自身がこの地上に生れてくるよりも前かもしれないくらい、ずっとずっと昔から。深緑色をした岩のような皮膚を持つ、神の手先である巨大な爬虫類たちが地響きを立てていたあの頃から。神がこの星を占領した頃から。

今年もまた、一年一度の病気にしか思えない季節がやってくるので、私は花をつけなければならない。私が私であるために、私自身の力で、花の鎧《よろい》を、薄紅色の経帷子《きょうかたびら》を、精いっぱいまとわなくてはならない。花弁の棺に自分を閉じ込めなくてはならない。人間たちは私の傍で、私の枝の下で、私が命を削ってつけた花を眺める。指差す。笑う。孤独な女を笑うように。昔からそうだった。私を見て酒を飲み、歌い、踊ってきた、花がなければこの季節ではないとでも言いたげに。だから、私の方でも少しばかり調子に乗って、人間たちを甘やかした。誉められて、いい気になって、毎年花をつけてきた。だが季節が終り、花が散り始め、青くとげとげしい若葉が吹き出ると、もう見向きもしなくなる、そんな女なんか一度も会ったことありません、としらを切るように。そうしてまた来年も、私を嬲《なぶ》るつもり。

この季節さえなければ、私はどれほど幸せだろう。花を知らずに生きられれば、私はきっといまより賢く、強く、穏やかになれたに違いない。青葉で飾り立てる夏。気持よく燃える秋。そして冬。清潔な冬。閉ざす冬。黙らせる冬。殺す冬。私を剝ぎ取り、私を震わせ、私を置き去りにする、鮮かな夜盗のような冬。ずっと冬のままなら、私は全てを許すだろう。私を笑った人間たちも、私に花をつけさせた神も、無罪放免にしてやることだろう。そして何よりも、誰よりも、私自身を、時の流れと季節の暴力に一度も抗《あらが》うことのなかった私自身を、完全に許すだろう。冬に守られて、私は砕ける。自分が壊れてゆく音を、私は聞く。冷たい爆発音。取り返しのつかない音。止まる寸前の秒針が立てる最後の音。私は終る。私を、私と呼ぶ必要がなくなる。私以外に、何もなくなり、誰もいなくなる。

なのに、またこの季節が来る、冬のすぐあとで、冬の清潔を踏み潰す、この季節が。せっかく眠っていた生き物たちを目覚めさせ、発情させ、なきわめかせる季節。雄と雌だけの季節。生命力が統治する季節。生きているものばかりではない、雪の下に隠されていた死体まであらわにする、不吉な季節。無知と恥辱の季節。狂気が法になる季節。

私は自分の中に、もう季節を感じている。荒々しい樹皮のすぐ内側で真っ赤な体液が走り回り、その流れに合せて小さな虫たちも、巨大な機械のような響きを立てて脚を複雑に駆動させながら、幹の表面を行き来する。枝の先には、私の凝縮された生命が硬く鈴生《な》りで、その中の一つ二つは、私を出し抜いて早くもほころび、私の中の雄と雌を外に晒《さらし》ている。やがて枝先は、花弁の中の小さな生殖器で溢《あふ》れ返ることになる。それを見上げて笑う人間たちも、周到に張り巡らせた下着の中で、自分たちの器官を湿らせるだろうか。鋭い突起と深い割れ目は、私の花に似て薄紅色の病巣だろうか。

さあ、誰でもいいから、早く私を伐り倒せ。笑いながらで構わない。唾を吐きかけたっていい。だから、伐り倒せ。二度とこの季節を見なくていいように。二度と花の病に犯されないように。景気づけに、暇潰しに、面白半分に、ただし力いっぱい、斧《おの》をふるえ。チェーホフが描いた通りに。ラネーフスカヤからロパーヒンが買い取った領地、そこに生える邪魔者の桜が次々に伐り倒されてゆく、あの斧の音を、忠実に再現しろ。

首相の墓

墓は荒れていた。これが前首相の墓であることを示すのは、ただそのあまりに異様な規模のみだった。通常の墓石とは比べものにならない、ほとんど家一軒分に近いほどの巨石なのである。故人のためにだけ準備された土地と石であるから、周りに他の墓石はない。知らない人が見れば、いったいなんの目的でこんなものが置かれているのだろうかと首をかしげるかもしれない。

しかし、そのような疑問は、実際には発生しない。いまでは訪れる人など絶無に近いのだ。生前、慕われていなかったわけではない。むしろ歴史に残る名宰相だった。であればこそ、このような豪壮な墓に入ることが出来たのだ。前首相はこの世から一度消えて、見事に復活した。といっても、勿論《もちろん》あのナザレの男のように死んで三日目に生き返るというわけにはゆかなかったので、この偉大な墓石となってもう一度出現したのだ。そうして徐々に忘れられ、石だけが残った。国民は、忘却という供物を墓前に奉ったことになる。

だが、いま墓参りに来ているこの男だけは違う。伸び切った草をむしるわけでも、花を手向けるわけでもないが、巨大な墓石の前で長い時間頭を垂れている。毎年のことだ。今日は命日、つまり現首相であるこの男が、当時の首相を殺害して後継となった日である。この国の首相は大昔からその方法でのみ交替可能と定められている。一般的な殺人は当然認められていない。首相になる気合を持った者だけが、現役を弑《しい》する権利を有している。男は法に則《のっと》って殺した。作法に従い、屍《しかばね》の首をはねて神殿に捧げ、腹を裂いて内臓を引きずり出し、野原に広げて大地とハゲタカの餌にした。

草の匂いを嗅ぎ、自らの鼓動を聞いていた男は、やがて頭を上げ、目を見開く。苔に埋まった、壁のような墓石。国民が墓の主を忘れ果てても、男だけは決して忘れることはない。殺害の手応えと血しぶき、断末魔の叫びを忘れはしない。たとえ前首相の妻が、生涯にほんの一瞬だけ夫を忘れはしても、男はいつ何時でも覚えている。殺したからこそ誰よりも記憶する。それが、相手への礼儀である。国民は、前首相を愛していたから、忘れることが出来た。男は愛してても憎んでもいなかった。ただ手応えと血しぶきと叫びだけがあった。だから忘れないのだ。

帰りの車の中でも、窓外には強烈な日差が溢《あふれ》ているというのに、苔に覆われた墓石が目の前を去らなかった。感慨に浸っているのではない。ただ忘れていないだけだ。

官邸に戻り、執務室へ入ると、時折するように、掌に余るほど大きなグラスにごく小量のコニャックを注ぎ、何も考えずに呷った。肉と血がかすかに焼ける感覚。息を一つ吐く。大丈夫、頭と胴は切り離されておらず、内臓はまだ野原に広げ回されることなくこの腹にある。これほど強固な事実はない。そして、やはり時折とりつかれる思いに沈んでゆく。首のたるんだ皮膚をつまむ。

もうじきなのではなかろうか。剣がこの胸板を貫き、首が胴を見失って転げ落ちる瞬間が、すぐそこまで来ているのではなかろうか。内閣、陸海空軍、秘書、運転手。志しだいで誰にでも権利は生れる。それが行使されるかどうかの段階まで事態が進行していないと、どうして言い切れるだろうか。

筆頭秘書官に促されて部屋を出る。どこへ、行くのだったろうか、と一瞬考えようとし、すぐに停止する。覚えておくのは手応えと血しぶきと叫びだけでいい。一分後にどこにいて誰と会い、何をしているか、いま考えるべきことではない。

長い廊下の角を曲がる。カメラのフラッシュが群舞する。不安はない。何も間違っていない。墓を決めておかなければ、と思う。

終りと始まり

やはり、どうしても、自殺しなければならない。たったいま、長い長い小説を書き終えた。これは田中慎弥という作家にとっての里程標であり、決算であり、何よりも遺書だった。足かけ三年、私はこのためだけに生きてきた。その間に起った様々な出来事は、どれだけ私自身にとって重大なことであろうと、全て幻想だった。唯一、この長編だけが、私にとってのなまなましい、殺したての死体のような現実だった。書き続けるという行為は、死体をいかに真新しいままに維持し続けるかという工夫の過程に他ならなかった。

それが、いま、終った。目の前には最後の原稿がある。数行を余しているが、この先を書き継ぐことは永久にあり得ない。余白は余白のまま残される。原稿用紙が娼婦で、鉛筆は客だった。この幸福な関係は、二度と戻らない。鉛筆は、何も犯さない性器として、机上を飾るだけだ。

書き上げた全ての原稿を改めて重ねてみる。一枚目を書いた時の心境は思い出せなかったが、強い筆圧で表面が細かく波打っているところを見ると、よほどの気合を持って書き出したのだろう。野心もあっただろう。これ一枚がいくらになる、との周到な計算もあったかもしれない。二枚、三枚とめくってゆく。私はふいに、そして猛烈に、悔しくなる。この長編を書き始めた頃の自分が羨《うらや》ましくなる。力に満ちていた。とにかく書くしかないと強引に前進していた。信じられないほど大きな不安に包まれていたが、同じくらい大きな希望を感じてもいた。それはほとんど、幸せと呼んでもいいほどの感覚だった。

原稿をめくる手を止める。力による、私自身の営為のあとは、当然ながら私自身から独立した一つの文学作品として完成した。評価はいろいろだろうが、それは作家ではなく作品に下される評価だ。私が書いたものは私の手を離れて歩き始める。力の塊は、力の抜け殻である私を置いて出てゆく。

だから、死ななければならない。死体として横たわっていた作品はいまや、命となって動き出そうとしている。だが、世の中が命ばかりで成り立っている筈《はず》はない。死がどこかになければ、宇宙のバランスが、どんなに薄い硝子《ガラス》で出来た食器よりも簡単に崩れ去ってしまう。作家一人のわがままで宇宙を崩壊させるわけにはゆかない。命が一つ生れるのであれば、死もどこかに生れなければならない。私の書いた小説に成り代わって、私自身が死体になる必要がある。力を使い果した作家が力なく死んでゆくのは、いかにもまっとうな結末ではないか。

理論は完璧だった。あとは一線を越えるだけだった。生死の境界線は、鋼鉄のように強く、時間のように長く、勇気のように細かった。線を跨《また》いだところで誰からも咎められはしない。

誰も困らない。ただどこかで、百年後にはすっかり乾いてしまう涙を流す人が、いるというだけ。

跨ぐつもりで足を上げた。あとは線の向う側へ、足の裏をつければいいだけだった。その一足に、宇宙のバランスがかかっているのだ。私は宇宙を守ることが出来るのだ。線の向う側の宇宙を、死体となって漂い続けることが出来るのだ。足は空中を移動し、線を越えた。宇宙が静止した。

私はそのまま暫《しばら》く迷い、ひょっとすると迷ったふりをしたのかもしれなかったが、とにかくじっとしていたあとで、向う側へ下ろしかけていた足を、ずるがしこく引っ込めてしまった。

こうなるとものの道理としては、生きてゆくのと引きかえに、原稿を殺してしまわなくてはならない。私は燃やすために、原稿の束を抱えて庭に出た。途端に強い風が吹きつけてきて、私の腕の中でぐったりとしていた紙たちを、宇宙へと解き放った。

絆

ずいぶんと昔のことだ。百たたきや国外追放といった比較的穏当なものから、島流し、死刑といった重たいものまで様々な罰が揃《そろ》っていたこの国に、不思議な刑罰があった。主に、国家、政府及び政治家、官憲を不当に批判、中傷、侮辱した者に科せられた。

まず、他の犯罪者と同様に取り調べを受け、法廷に呼ばれ、判決を下される。すると当の犯罪者の片方の足首に鉄の輪が嵌《は》められる。輪の外側にはもう一つ、やや小ぶりな輪がくっついていて、そこからは太い鎖が伸びている。輪だけでもそうとうな重さであるところへこの鎖だから、いかにも刑罰にふさわしいと言えようが、この刑の眼目は、重量にあるのではない。問題は、足首の輪があるのとは反対側の鎖の先にやはり同じような輪がついていて、最寄りの刑務所内に設けられた巨大な鉄の棒に通されているという点にある。鎖がいく重にも巻きつけられているこの棒は、回転する仕組みになっている。受刑者は別に刑務所に収監されているわけではなく、足首の輪を除けば、普通の国民と同じく自由な生活が許されている。だから力を込めて鎖を引っ張り、棒を回転させさえすれば、鎖の長さ分であればどこへ行って何をしようがお構いなし、ということになる。

以上の点からゆけば、現代の人は、なんだ、刑といってもさほどのことはないじゃないかと思うかもしれない。現に輪と鎖は確かにそうとうの重さを持っているが、身動きがとれないほどのものではなく、さらに体格や年齢、性別によって重さが軽減されることにもなっているから、輪と足首が接する部分に布をあてがうなどして皮がすりむけないよう注意さえすれば、島流しなどよりよほど負担が少ない、かもしれない。

だがこの輪は生涯外されることがない。仕事をするにも夫婦のいとなみの最中も、常にジャラジャラと音を立てているというわけだ。それに、鎖の長さは、地元の警察の管内ぎりぎりまでと決まっている。たいていの受刑者はある日、引っ張っても引っ張っても鎖が伸びない事実を思い知らされ、おとなしく管内で生きるしかないと諦める。だが時々、まだまだ伸びる筈《はず》だと信じる者もいて、鎖を力いっぱい引き抜こうともがく。彼の目の前、手が届きそうなところには、鎖につながれない完全な自由がある。足首に何もつけていない人々が行き交っている。もうちょっとだ、もうちょっと伸びてくれるに違いない。あと少し、あと少しだけでいい……だが鎖は決してそれ以上伸びることはない。そういう受刑者がなおも鎖を引っ張り続けるうちに寝食も忘れてしまい、やがて精神を崩壊させ、鎖つきのまま病院へ送られることも少なくない。

大きなのこぎりで鎖を切断したり、それが叶わないというのでついに自分で自分の足そのものを切り落したりして脱走しようものなら、追手が差し向けられ、どんな凶悪犯よりも執拗《しつよう》に捜索され、捕まったその日のうちに処刑される。そんな目に遭うより鎖を我慢して狭い範囲で一生過す方がいい。そもそも国や政府に逆らって捕まった人間が、再び国に反逆しても、たかが知れている。

ある時、十年も鎖につながれていた男が、鎖どころか鉄の輪を切断することに成功した。十年間、少しずつやすりで削っていたのだ。そんな努力をした者はこれまでいなかった。

ところが男は数日後に出頭して、こんなことを言った。自分は完全に自由になれたと実感した。どこへでも行けると思った。その途端に、どうしようもなく不安になった。足首に鉄の輪がほしくなった。鎖につながれたくなった。国につながれていなくては生きてゆけない。どうかもう一度つないではくれまいか。

当然ながら男の願いは聞き入れられず、即日処刑された。ずいぶんと昔のことだ。

王と夫

日曜日の夕暮時の街は、死にかけの恐竜のどてっ腹のように血と汗のにおいを放っていた。千年前から続いていたに違いない雨の季節が終って、夏が巨大なよちよち歩きを始める、そんな季節だった。

何かがぶつかる大きな音を聞いて妻は台所で叫び声を上げ、私も居間のソファーから転がり落ちた。生れて半年になる息子だけは眠り続けていた。誰かが、事故事故、と言いながら家の前を走ってゆく。

表へ出てみると、一ブロック先で車が道路脇に斜めに止まっている。集まってくる人たちの足音。水溜まり。湿った夕空。

事故を起した車は、角に建つ家の頑丈な石垣に突っ込んでいた。前半分が完全に潰れていて、形が残っているうしろ半分と同じ物体とは思えなかった。車の設計者や製造者が、そうなることを予め想定していたのだ。そうでなければ、ここまでの明確な破壊、前とうしろのコントラストに飾られた破壊、建設的な破壊にはならなかっただろう。石垣の方はびくともしていないらしい。あたりには、車の事故現場だったらこういうにおいがあって然るべきではないかとでもいうような臭気がかすかに漂っているが、それが果して油なのか、何かが焼け焦げたためなのかどうかははっきりしなかったし、もともと街にたちこめている血と汗のにおいには勝てる筈《はず》もなく、鼻先をかすめて消える。煙はどこからも上がっていない。

車体から裸の腕が一本突き出ている。車と石垣が反応を起したために急激に成長した桃色の五本指のきのこ。一本も欠けていない。湿気のある空中に、五本の管から胞子をまき散らしているのが見える。

誰かが、救急車まだこないか、呼んだよな、とのんびり言う。人々は眠そうに体を左右に揺すって手をぶらぶらさせたり、そうかと思うと手を握り合って肩と肩をくっつけた男女が、むしあついむしあついと呟《つぶや》いたり、夕日を使って赤鬼に化けた子どもたちが興奮して駈け回り、石垣の上へ器用によじ上って事故を見下ろしたりしている。缶コーヒーを飲んでいる男が二人、影のようにうずくまって、最近夜になると駅の裏道に立っている赤い服を着た髪の長い女のことを喋《しやべ》っている。遠くから、憲法改正を主張する政治団体の街宣車の大声が響いてくる。突き出たきのこの手に虹色の蝶がとまる。集まった人たちの間に、不気味に平和な、はりぼてのような笑いが広がる。

同じ笑いを子どもの頃に体験した。小学校の校舎は古い木造で、教室の出入口の引き戸は開け閉めしづらかった。特に閉める時には一苦労だった。同級生たちはすぐにコツを呑み込んで、一気に閉められるようになったが、私一人だけがいつまで経ってもてこずった。力いっぱい閉めようとしても、必ず最後の最後でガタンと止まってしまうのだった。仕方がないのでそこからもう一度弾みをつけて、なんとか閉めることが出来た。するとクラス中が、気の毒そうに、よく頑張ったなと言いたげに、拍手代りの笑いを漏らすのだった。だから私の方でも笑った。戸の開け閉めすら満足に出来ない駄目な生徒の地位を守るための懸命な笑いだった。私はある時、閉めるコツを摑《つか》んだが、その後もわざと閉められないふりをし続けた。クラスはいつも私のおかげで笑いに包まれた。駄目な生徒を笑うことで結束した。駄目な私に、誰も追いつけなかった。私は王だった。

蝶が手から飛び立たないうちに自宅に戻った。事故どうだった？ と妻に訊かれ、あいまいに、うんと頷《うなず》いたあと、ビールを飲もうとして取り出したグラスを、試しにわざと床に落してみた。妻は、わっと声を上げると、大丈夫？ けがしなかった？ とまず私を心配してくれた。笑いは浮んでいなかった。私は王ではなく夫だった。

ベビーベッドの中で息子が動いた。

今日の昼飯

正午をわずかに回ったところだった。エレベーターで社屋の一階へ降りながら、昼をどこですませるか考える。定食か、そばか、久しぶりにハンバーガーでも……。

外へ出ると日差しの直撃を受け、それまで思い浮べていたメニューがふっ飛ぶ。とりあえずいつものように近くの通りを歩いてみるが、これはと思うものには行き当たらない。日差しで食欲が干上がったのだろうか。しかし午後からの仕事を考えれば何か腹に入れておかなくてはならない。今朝も、ほとんど何も食べずに出社していた。

いつもの定食屋にするかと、目差すアーケードへと道を曲がると、ある雑居ビルの前に短い行列が出来ている。初めて見る光景だ。小さな事務所とか貸しスペースなどが入っているだけのビルの筈《はず》だが、何か新しい店でも出来たのだろうか。薄暗い階段の上り口の横には看板が出ている。

いまだけ！　今日だけ！

夏のスペシャルランチ！

お急ぎの方歓迎！　高回転率が自慢！

見ていると確かに行列は順調に前へ前へと進んでいる。何を出す店か確めもせずに、私は迷うことなく並んだ。何が出てくるかという不安もあったが、これだけ人が集まるのだから変なものではないだろう。新規オープンという物珍しさからの行列だとしても、それならそれで話のネタということにしてやろう。

最後尾についた時はまだビルの外だったが、すぐに中まで進み、やがて階段にかかった。私のうしろにもすでに数人が並んでいる。近所のサラリーマン風の男たちだ。改めて前の方の客に目をやると、やはりスーツ姿が多くみられるのに加え、かなり年を取っている女や、中にはまだやっと中学を卒業したばかりというような子どもの姿もある。さて、これら様々な世代が列を作るとは、いったいどのような料理が出てくるのだろう?

階段を上り、さらに上る。途中の階にはいくつかの扉があって、○○事務所とか、オフィス××などと書いてあるが、人がいそうな気配は感じられない。

私は妙なことに気づいた。これだけの行列なのに、上から降りてくる人間が一人もいないのだ。この階段以外に、例えばどこかに別の階段か、エレベーターでもあるのだろうか。もう一つ気づいたのは、およそ一分に一度くらいの間隔で、何かが何かに激突するような、ドーン、という大きな音が響く点だった。これまでに聞いた記憶のない、なんだか自分の体までが、衝撃波で粉々になってしまいそうないやな音だ。

さらに上って上って、目の前が明るくなった。屋上だ。日差と、よどんだ空気。またあの音。行列が進む。あたりはコンクリートの床ばかりで、食事が出来そうなところはない。列の先の方に穴がある。どうやら一階から続くビルの吹抜け部分であるらしい。あっと思った。列の先頭にいた太っているサラリーマンが、その穴に飛び込んだのだ。やがて、ドーン。その次の、まだ若い髪の長い女も、肩で息をすると両足揃《そろ》えて飛び込む……ドーン。体が粉々になると思ったのは当然だ。人間の体が地面に叩きつけられる音だったのだから！

……お急ぎの方歓迎、高回転率……。いったいなんというスペシャルランチだろう！　いまだけ、今日だけ？　今日だけ、私に、自殺の衝動が発生したとでもいうのだろうか？　嘘だ、私は死にたくない！　ただ昼飯をすませて午後の仕事に戻りたいだけだ。それとも心の奥底には、人生を悲観しての死への願望が、昼飯を望む程度の日常的な心理として横たわっているのだろうか？　そんな筈は、そんな筈は……

私のすぐ前の男が飛ぶ。ドーン。次の音は、次の音は、次の音は、次の音は……

赤い女

自宅から公邸に引っ越して三日目の真夜中、秘書官からの報告書に目を通していた首相は、ふと何かの気配を感じ、組んでいた脚をほどき、書類を机の上に置いて耳を澄ませた。

何も聞えない。妻の寝ている隣室も静かだ。だが、耳は冴《さ》えたままだ。

公邸に何かが出るという噂は大昔からある。首相に就任して一年近くも公邸を使わなかったのは、古い建物のため、セキュリティー上の問題を解決する必要があったからだが、マスコミからは幽霊が怖いのだと勘ぐられてきた。自分ではそのつもりがないのに、いざ住むとなると気になり始めていた。しかし、いわゆる霊感のようなものはない。魂というものを信じてはいるが、実際にこの世ならぬものを目にしたことは一度もない。

いまのも恐らく気のせいだ。仕事に集中出来ていない証拠だ。再び書類を手に取った。

次の瞬間、確かに指の間にあった筈《はず》の紙が床に散乱していた。拾い上げるどころではない、今度こそ、感じる。真うしろの、ベッドのあたり。鼓動が速くなり、口が乾く。暫《しばら》く待つが気配は消えない。音がするのではなく、ただ確実に、そこにいるのが分る。椅子を軋《きし》らせて振り向く。

ベッドの縁に、赤い女が腰かけていた。やっぱりだ、と首相は恐怖の中で納得する。日本の首相公邸に出るとすれば、赤い女以外にあり得ないではないか。何しろ、歴代の首相は全てこの女と闘ってきたのだから。赤い女を日本から締め出すことが、戦後政治の大きな役割の一つだった。かつて日本中いたるところに見られたこの女は、一九七〇年代後半あたりからどんどん減り、赤い女を守っていたあの巨大な壁が崩壊すると、ほとんど絶滅状態になった。いまでもその末裔《まつえい》はちらほらと存在してはいるが、往事のようなどぎつい赤は、もうどこにも見られない。

いまベッドに腰かけている女は真っ赤に色づいている。外から塗りたくった赤ではなく、内側から発色する血と肉の赤だ。おかしなこともあるものだ、と首相は考える。国内から一掃され、肉体を離れて霊魂となった筈の赤い女に血肉が宿っているとは、あまりに理不尽な展開ではないか。そもそもなぜ自分は、赤い女をこんなにもはっきりと目にしているのだろう。ほとんど絶滅したと思っているのは錯覚で、実は赤い女は案外強い生命力を持ち、いま目の前にいるのも霊魂などではなく生き身の赤い女なのだろうか。それならまだ分るが、もし霊魂にわざわざこのような血色を見ているのだとすると、自分自身が赤い女を出現させていることになりはしまいか。怨敵《おんてき》である筈の赤い女を、自分はどこかで望んでいることになりはしまいか。この女は、自分の欲求の化身ではないのか。

そんなわけはない。自分は日本の首相だ。赤い女の存在を望んでなどいない。赤い女を抹殺することこそが、我が国の首相の務めではないか。

だがそう思って椅子から立ち上がろうとした体は全く自由にならず、反対に赤い女はベッドから立ち上がって、釘づけにされている首相の前まで歩いてくる。おかしいくらいに、赤い色がはっきりと見えている。女がさらに近づき、両手を広げて覆い被《かぶ》さってきた。触れ合った。動けなかった。ぴたりと重なった。首相は急激に昂《たかぶ》った。十代の頃に戻ったようなまっさらな硬直だった。生真面目で不器用で純粋だった。何も分らず、何もかもが明瞭だった。赤い女に向ってくり返しくり返し発射した。赤い女は世界であり、同時に極点であり、瞬間だった。

椅子の上で目覚めると、赤い女は消えていた。服の上から軽く押えて確認するが、どうやら下着は汚れていない。だがあの瞬間、自分は間違いなく果てたのだ、信じられないくらいの快楽の中で。

隣の部屋から、妻の鼾《いびき》が聞えてきた。

むしゃくしゃ

むしゃくしゃしていた。言っておくがそんじょそこらのむしゃくしゃとはわけが違う。筋金入りで永久不変で、それでいて姿形がはっきりせず、無味無臭の意味不明、空前絶後のくせにちっぽけで、なりふり構わないかと思えば逃げ足が速く、意地っ張りで淡泊で、生れたてなのに死にぞこないの、私自身にもどうやったってとっ捕まえようのない、純真無垢《むく》なむしゃくしゃなのだ。

むしゃくしゃを背負ったままで闇雲《やみくも》に歩き回った。むしゃくしゃは両肩にずっしりとのしかかり、どこまで行っても消えなかった。頭に来たので背負い投げ一閃《いっせん》、見事路面に叩《たた》きつけてやった、と思ったのは私ばかりで、妙な投げ技の格好を通行人に笑われたり、訝しがられたりしただけだった。しかし、久しぶりで本当に恥しい思いをしたために、ほんの少しの間ではあるが、むしゃくしゃの存在を忘れることが出来た。

私はこれに味を占め、満員のエレベーターでいきなり歌い出してみたり、やはり人通りの多い駅前広場で腕立て伏せと腹筋運動をくり返してみたり、女ものの下着売場で長時間粘ってみたりした。ところがこんなことを試しているうちに、頼みの綱の羞恥心のやつ、だんだんとつけ上がって背負い投げの頃の初々しさはどこへやら、私の胸の内で我がもの顔にのさばって仕事を放棄、全く効きめを発揮しなくなり、再びむしゃくしゃの跳梁《ちょうりょう》を許すありさまとなってしまった。

このように完全無欠のむしゃくしゃに居座られた場合の解決方法として最も適当なのは、当然ながら女、それも断じて女の心ではなく体ということになるが、あいにくと仕事にあぶれて一週間近くも日当にありつけていないから、身銭を切ってありがたいお体を賞味、というわけにもゆかない。商売抜きで私に体を投げ出す女には、勿論《もちろん》お目にかかったこともない。

仕方がないのでほとんど唯一の友人と呼べる男のところへ金を借りにいった。普通の人間ならこういう時こそ羞恥心の出番ということになろうが、女の体を買う金が得られるのなら、友情だってなんの恥しげもなく利用するのがこの私なのだ。

ところが、ある現場で一緒になって以来、他の誰もが見捨てる私を何かと心配してくれているこの友人は、金は貸してやるが条件をつける、女を買ったりしないでまずは自分のために使え、と言う。自分のために女を買うんだと反論すると、女の体じゃなくて自分の体のことを考えろ、病院に行け。

なんとも全く殊勝なことに、私はこの神仏としか思えぬ友人の忠告を受け入れ、きらびやかに飾り立てられた歓楽街をハナから無視して、一直線に病院へと向った。

医者、という言葉をそのまま人物にした、白髪に白衣に眼鏡の老人は、こちらの話を一通り聞き終ったあとでこう言った。あなたのような症状はいま時珍しい、大昔の日本にはたくさん見られたものです、ですがいまの我が国にはむしゃくしゃそのものがもはや存在しないのです、かつて確認されたむしゃくしゃの繁殖地に出かけてみても痕跡すら見つかりません、昔はあなたのように金がない女が手に入らないと言ってはむしゃくしゃに冒される人間がどこにでもいました、いまはどうです、金もない女もいないからといってむしゃくしゃにつけこまれはしない、むしろ金にも女にも不自由しない成功者を称《たた》えて、自分は努力が足りないからあんな風になれなかったのだ、と冷静に自己分析するものです、全てむしゃくしゃのせいにする前に自分を見つめ直すべきです。

現代には珍しい症例であるとして、また健全な日本にむしゃくしゃを広めないために、私は強制入院となった。特殊な器具と薬を使い、私に巣くったむしゃくしゃを根絶やしにするのだそうだ。

どのくらい歩いた頃だっただろう。ふと顔を上げると、目の前に教会が現れた。ここまで歩いてきたのではなく、教会の方が目の前にやってきたかのようだった。扉は開けてあった。周囲に花はないが、どこからか蜂の羽音がさかんに聞えた。皮膚を破って体の表面に出てきた疲労がだらだらと流れ落ちてゆくのに合せて、肉も骨も溶けてゆきそうな気がした。霊魂と肉体は別々のものだから、体がなくなって純粋な魂だけが神に祝福される、ということもあるかもしれなかったが、勿論《もちろん》私の体はなくなりはしなかったし、くずおれさえせず、直立だった。姿の見えない蜂の、硬い羽音が、私の顔に当たって砕けた。

「こんにちは。明日も晴れですね。」

教会と同じくいきなり現れた男の声は明朗だった。水色のカッターシャツに灰色のズボンで、一見すると神父には思えなかった。

「は?」と私は言ったが、老いた男の顔に朱色の日が差しているのを見て、夕焼のことを言っているのだと分った。

「お越し頂きありがとうございます。中へどうぞ。」

男はやはり明朗に言った。顔つきはひどく真剣で、厳《いか》めしいくらいだった。いつのまにか私の周りでは、まるで見物するように十人ばかりの人が、こちらをじろじろ見ていた。男は私をかばって教会の中へ入れ、席に座らせた。木の椅子がかすかに軋《きし》んだ。

「いったいどうなさいました？」

横に座った男にそう訊《き》かれ、私は改めて、血で汚れた自分の服を見た。血だらけで歩いている私を教会まで追ってきた人たちは、まだ戸口に集まって見ていた。

「すぐそこの自宅で、父親を、刺して殺しました。台所の包丁を使いました。三十分くらい前だと思います。間違いなく私が殺しました。父はそのままにしてきました。」

「いまのお話は本当ですか？」

「本当です。これを、」と私は自分の服を示して、「見れば分るでしょう。こんなに血がついてるんです。これは全部父の血です。私の血じゃありません。」

「どうしてそんなことをしたのですか？」

「父は五年前からずっと寝たきりでした。家族は他にいません。私が一人で全部やってました。父は意識だけははっきりしていて、毎日毎日私を罵《ののし》りました。死んだ母の悪口を言いました。私のことをゴミだと言いました。体が動けばお前なんか叩き殺してやるのにと言いました。私は我慢してました。我慢出来ると思ってました。自分一人が我慢すればいい。父はいつか死ぬいつか死ぬと言い聞かせてました……」

「続けなさい。どうぞ、続けなさい。」

「今日、おむつ替えをしてる時、父は気持よさそうに眠ってました。父の性器も、父と同じようにだらっとなってました。自分はここから出てきたんだ、毎日自分を罵ってるこの男のこの性器から出てきたんだと思いました。脚の間でだらしなくなってるこのふにゃふにゃの棒の中から出てきたんだと思いました。つまらない棒でした。ばかみたいな棒でした。泣きそうでした。泣かずに、殺しました。泣いてれば、泣いてれば……」

「いまあなたは泣いています。こんなにはっきりと泣いています。」

男の指が私の頬を拭《ぬぐ》った。涙は止まらずに落ちて、父の血のついた手を濡らした。

「悔いているのですね、あなたは。」

「いいえ、全然悔いてません。少しも悔いてません。悪いと思いません。」

「悔いるべきです。あなたはお父様と、誰よりあなた自身のために悔いるべきです。」

「悔いてません。悔いること、出来ません。すごくほっとしてます。」

見えない蜂の羽音がした。こんなに大きな音なのに、なぜ見えないのか不思議だった。

鉄格子と夕日

神を殺した男が捕まったというので騒ぎになった。町の者は留置場へ見物にゆく道すがら、勝手なことを言い合っていた。

「神なんか、とうの昔にニーチェが殺したんじゃなかったか？」

「勘違いするな、ニーチェは殺してない。ただ神は死んだと言っただけだ。」

「それにしても妙だな。ニーチェはどこで神の死体を見たんだろう？」

「バカ言え。神に死体がある筈《はず》ないじゃないか。体そのものがないんだから。」

「体がないのに死ぬのか？」

「今日捕まった野郎はどんな手を使ったのかな？　ニーチェの回し者かな？」

留置場は見せしめのために、往来に向けて鉄格子が嵌《は》められているから、ここに犯罪者がぶち込まれたとなれば、通りすがりにでも見物出来るし、石でもなんでも投げつけてやって構いはしない。警察もそれらのからかいを半ば許している。町の治安はこうして保たれている。

ところが、口の悪い連中が神の死についての議論をああだこうだと戦わせながら目差す場所まで来てみると、鉄格子の向うは湿っぽい土が黒々と広がっているばかりで、全くの空っぽだ

った。これはいったいどうしたことかと再び議論になりかけたところへ、警官がうんざりした顔で登場し、

「貴様らのようなやつらが今朝からひっきりなしだ。神殺しをとっ捕まえてやったというのになんで文句を言われなきゃならん。」

「とっ捕まえただって？　だったら隠してないでさっさと見せろ。」

すると警官はいかにも誇らしげに鉄格子を指差して、

「これを見ればはっきり分るだろう。」

「おちょくるな。これで捕まえただって？　蟻《あり》の子一匹入ってないじゃないか。」

「いいや、ここには確かに男が一人、間違いなく入っている。見えないだけだ。」

あっけにとられている一同に警官が説明したところによると、この男はもともと神に対して大きな恨みがあり、何年もの間つけ狙い、隙《すき》をうかがい、ついに神の息の根を止めた。ところが警察に身柄を取り押えられた時点ではまだ姿形がはっきりしていたのに、取り調べのため留置しているうちに、どんどん体の輪郭と色がぼやけてゆき、とうとう全くの無色透明になってしまったというのだ。しかも、姿と一緒に声の方も徐々に聞き取りづらくなり、透明になったところで完全に言葉を発しなくなったとのことだった。

「そんな話が信じられるか。捕まえた男に途中で逃げられたか、じゃなきゃ、最初から捕まえ

られなかっただけだろう、え？」

「そうだそうだ。それに、見えないだけで確かにいるっていうのなら、ペンキでも絵の具でもこの中に放り込んでみりゃ、そいつの体がその色で染まるんだな？　それなら信じてやってもいいが。」

「無駄だ。こいつは見えないばかりじゃなく形そのものがない。色を塗ったりして確めようとしても、出来っこない。」

「なんだ、それじゃやっぱり、この中に誰もいないのと変りはないってことじゃないか。」

警官はもう一度、心底うんざりした顔で一同を見渡すと、

「いいか、ここには犯人が確かに入っている。神を殺したやつの姿形と声とがなくなった。そこにどんなからくりがあるのか、俺に訊《き》かれても分るわけがない。」

「それじゃあ教会へ行ってわけを話そうじゃないか。神父さんならそこいらへんのからくりを知ってるに違いない。」

「それも無駄だ。神が殺されたもんだから神父は一人残らず廃業、教会も休業状態だ。」

一同は腹が立つやらあきれるやらで、確かに神殺しがぶち込まれている筈の鉄格子の向うを眺め続けた。夕日が差し始めていた。

恋愛小説

新刊本の宣伝や編集者との打ち合せをするため、東京に一泊した。翌朝、東京駅近くのホテルで、チェックアウトのためにロビーへ下り、手続きをすませると、フロント係の女性が指を綺麗に揃《そろ》えた右手で私の後方を差し示し、A社の方がお待ちです、と言う。

振り返ると円く太い柱の陰から、灰色の地味なスーツを着、茶色い髪を窮屈そうにまとめた女が出てきた。担当編集者だが、見送りに来るとは知らされていなかったので驚いた。女は口を開けずに笑う。子どもっぽい。背が高く、足も長い。私より一回り以上年下の、まだ二十代だ。濃い睫《まつげ》で縁取られた目がこちらを強く見つめている。

「なんだよ、いきなり。」

「お早うございます。駅のホームまでおともしようと思いまして。」と言うと、自分で我慢出来なくなり、声を出して笑った。私は戸惑った。フロント係の視線も来た。

「新幹線、すぐ乗られるんですか?」

「いいや、まだ時間あるけど。」

「じゃ、そこで少し話せます?」とフロントの斜め前のラウンジを指差した。

「何を話すんだよ。」

「何もありませんけど、でも、ゆうべの仕返しです。」

きのうは新聞社の取材を三本続けてやったあと、六本木へ行ってこの担当者と二人の夕食になった。次回作の打ち合せも兼ねていた。だが酒が入っていたので、他の作家や編集者の噂話の競争になった。編集者は途中で髪をほどき、目と唇を大きく動かしてよく喋《しやべ》った。かわいいと思った。妻との生活は良好で、浮気したいわけでもないし、実際にしたこともない。だから、年の離れたこの編集者を、安心してかわいいと感じるのだ、明るい表情と喋り方を、子どもっぽいと感じるのだ、と思っていた。

なのに、食事のあとバーに移り、作家には分らない出版社勤務の苦労を聞かされているうちに、女の、香水や整髪料ではない体そのものの匂いを何度も深々と吸い込んだ。子どもではなかった。十分な体を持った、十分な女だった。肩を近づけて女の方へ首を傾け、聞えるように音を立ててさらに大きく深く呼吸した。女は少し緊張した目でこちらを見たが、指を握っても驚かず、逃げもしなかった。その途端、急に面倒だと感じた私は、心の中で平然と、妻を愛している、と確認した。女は指を握り返し、好きです、ずっと前から好きです、と自嘲気味に言った。泣きそうになっている目が美しかった。たじろいだ。美とはこんなにも煩わしくて重苦しいものだろうかと思った。

タクシーでホテルまで送ってくれるというので後部座席に並んで座り、走り出すと同時に脇に手を回して胸を強く摑《つか》んだ。女は希望に満ちた表情で、本気ですよね、と短く激しく訊《き》いた。適当に頷《うなず》いた。女の目がすぐ近くにあった。私は慌てて、本気、と声に出していた。女は唇をきつく結ぶと体を捩って私の手を逃れた。私は酔いの流れでなおも腕を伸ばしたが、女の気配は硬くなっていた。本気と言ったのがいけないのだ、と間抜けに考えた。

ホテルに着き、一人でエレベーターに乗った。硝子《ガラス》張りで外が見えた。私の上昇を見つめる女の姿があった。

「ゆうべ、奥様のこと、忘れてなかったでしょう?」

「忘れてなかったね。」

「もし仕事がしづらいようでしたら、担当を外してもらうように編集長に頼んでみますけど、どうします? 新作は頂けますか?」

「勿論。最初にあなたに読んでもらう。」

「どんな作品になりそうですか?」

「これまで書いたことのない方向で、考えてはいるけどね。恋愛小説……」

「そろそろ新幹線のお時間が。」

「いや、まだ大丈夫。」

「お時間、ですよね?」

女は子どもっぽく笑って立ち上がった。

国益の作家

珍しく徹夜で原稿を書き、明け方にやっと出版社の編集部へファックスで送ったあと、ベッドに倒れ込んで、あとは記憶がなかった。正午前に目が覚めて台所へ行き、水を飲み、シャワーを浴びようと思いながらなんとなくテレビをつけ、適当にチャンネルボタンを押した。

画面には首相官邸の記者会見場が映し出されている。アナウンサーが、新しい法律の成立に関して間もなく首相の会見が行われるものと思われます、と言う。真夜中に国会の本会議が開かれ、可決成立したとのこと。

短軀《たんく》を敏捷《びんしょう》に弾ませて首相が現れ、マイクの前に立った。与野党間の調整の経緯や深夜に開かれた本会議などの説明事項のあと、法律の内容に移ったが、このところ原稿に没頭していた私にとって、出版文化保護法、という名称は初耳だった。なんでもここ二週間ほどで急浮上して上程、可決されたものらしい。普段新聞やニュースをほとんど見ない上に仕事が忙しいと、こうして世の中で起きていることに全くついてゆけなくなる、と思いつつ見ていたが、首相はこの法律について次のようなことを言った。

「……従いまして今後は、著しく国益に反すると判断した表現活動は制限されることになります。国益とはすなわち我が国そのものであり、国民そのものであり、また民主主義そのもののことであります。つまり、国益に反するとは、民主主義そのものを否定する、いわば国民の安全をおびやかすということであります。国民の生命、財産を守るためにこれらを取り締まるのは政府としてごく当然の対応です。無益で、異常で、暴力的で、非教育的で偏狭な表現を一掃し、本来我が国の文化が持つ、有益で、正常で、平和的で、教育的で、バランスのとれた美点を取り戻します。そうです、我々は失われた我が国を、取り戻さなければならないのであります。ここで最も重要なのは有益かどうかという点であります。我が国経済は長いトンネルをいままさに脱し、輝かしい未来へ向ってゆこうとしています。そんな時に国益に反する、つまりなんの利益も産まない表現活動は、国民生活と我が国経済を再び暗黒へと突き落とすものでしかありません。国益を産まない表現は国家と国民の、つまりは民主主義の敵であります。国民がもう一度自信と誇りを取り戻し、我が国が世界のド真ん中で赫奕《かくやく》たる存在となるために、どうしてもこの法律を作らねばならなかったのであります……」

赫奕、というのは確か三島由紀夫の「奔馬」のラストで主人公が割腹する場面に使われていた言葉だ。かのノーベル賞作家はこの大げさな言葉を、赤々と、という意味しか持たないのに、だとか批判していた筈《はず》だ。

その他の首相の言葉はどうもよく分らず、いったいこれがどんな法律であるのかが実感出来なかった。国益を産まない表現が取り締まられるのであれば、さしずめ自分の小説などは真っ先にしょっぴかれるだろう、などと考えていた時、その通りの事態が起きてしまった。ファックスに着信があり、さっき送ったばかりの新作の原稿が、担当編集者から送り返されてきてしまったのだ。上書きには、成立した新法に照らし合せた結果、国益を産む作品とは判断出来ませんので再考願います、既に刊行されている著作についても、読者が増える見込みのないものは順次絶版とさせて頂きます、とある。

なんだかよく分らないことになりつつあるとは思ったが、このままでは原稿料が得られないので、国益を産む作品を目差して書き直さなくてはならない。そんな小説、書けるだろうか。

首相の会見は続いている。

「全ての表現者には国益を産む責任と資格があります。国益は平和と民主主義を育てるのであります。これこそが私の掲げる絶対的平和主義の……」

右傾化

新聞を隅々まで、読むというのか眺めるというのか、とにかく昭和の家長の風情を模して各頁《ページ》の記事を、時には見出しだけ拾い読んで、いっぱしに世の中を俯瞰《ふかん》したつもりになり、さて税金はどうなるか、はて教育制度の行く末は、などと考えを巡らせるのも、既に高齢者と呼ばれる域に達した証明でしかないのだろう。しかも昭和の御仁を真似て縁側でおもむろに、と優雅にゆく筈《はず》もなく、狭苦しいソファーに納まって家族の目を気にしつつ、ガサガサガサとやることになる。

それにしても、現代のように情報が錯綜し、激流と化す中にあって、紙に黒々と印刷された文字の連続を目で追うという行為が、果して何ほどの意味を持つであろうか、といったこちらの疑問に応ずるためでもあるまいが、新聞の作り手たちも激流に抗するという気概がわずかに残っているらしく、一つの事柄を継続して、根気よく、粘着的に追う場合が見られる。

目下のところ各紙が先を争って食らいついている標的といえば御存知の通り、首相の右傾化である。つまり、首相の上半身がいつも、向って右に傾いているという例の事態を、各々が分析しているのだ。

半年ほど前に始まったらしい。最初は記者会見場で、かすかに右に寄っているように見えた。それからいわゆるぶら下がりの会見や国会の答弁中にも、明らかに右側へ傾いている場面が何度も目撃され、報ぜられもした。写真で比較すると、確かにそれ以前は真っすぐに立っていたものが、だんだんと右に傾いてゆくのがよく分る。これは何も立っている場面に限ったことではなく、予算委員会で椅子に腰かけ、相手を完璧に嘲弄《ちょうろう》するあの得意の表情で野党の質問を受け流している時も、ゆらゆらと右に傾いている。これに関する報道は、存外な執拗《しつよう》さを持ってくり広げられている。なぜ首相の体はあれほど右に傾いているのか？　体調に何かの異変が生じているためか、はたまた単なる癖なのか？　だが以前には見られなかったのだから、やはり体のどこかにそれまでにない変化が起っているということではなかろうか……

ついには国会審議の中で野党が、なぜあなたの体はいつもそんなに右にばかり傾いているのか、国民の間にも疑問と不安が広がっている、首相という責任において説明がなされるべきではないのか、と質問するに至った。これに対する答弁が、明確かつ人を食ったものであったことは、誰もが知る通りである。首相いわく、マスコミも野党の皆さんも、私が右に傾いている傾いているとさかんに騒ぎ立てているが、私自身は全くそうは思っていない、現に私のことをよく知る人たちからは、お前の体はいつも真っすぐなのだから何も心配はいらない、との言葉を頂戴している、だいたいよく考えてみて下さい、もし傾いているとしてもですよ、皆さんから見て右ということは、私にとっては左に傾いてることになるじゃありませんか！

　この答弁はなかなかふるっていて胸のすく思いがしないでもないが、各紙がこれに反発し、首相は自分のことが何も分っていない、客観的に見て体が右に傾くものを左と言い換えるのは無責任だ、と噛みついたのもまた、周知の通りである。その後首相の周辺からは、体調にこれといった問題はない、健康体そのものであるとの声が発せられたが、これなどは逆に、ではなぜ体が右に傾くのか、との疑問をいっそう強めることになったらしく、官房長官を初めとする側近たちが、これからは意識して姿勢の中立を保つよう首相に進言したとされる。また官邸側は返す刀で各マスコミを、右に傾く映像ばかりくり返し報ずるのはいかがなものか、身体的特徴をあげつらうことは、ハンディキャップを持つ人々への差別を助長する恐れがある、と批判したともいう。

　各紙の今後の対応に、私は注目している。

入学式

桜の花がわざとらしく散って若葉が空を突き刺し始めた今週の火曜日、一人息子が小学校に入学した。ひょっとすると読者の中にも新入生の親だという人がいるかもしれない。お互い、本当にめでたいことだ。

そういう人たちにならわかってもらえると思うが、最近の小学校というのは我々の子ども時代と比べてかなり様変りしている。子どもたちの学校生活をより快適にするための素晴しいシステムが数多導入されていて頼もしい限りなのだ。まず校門を通る際はその学校の職員であろうが生徒であろうが保護者であろうが、事前に渡された専用ICカードを門柱に設置されたパネルにかざさなければ門扉が開かない。給食を納入している業者なども同様で、もし全くの部外者が無理に侵入しようとすれば監視カメラ及び温度感知センサーが反応し、催涙ガスの噴霧やプラスチック製の弾丸発射その他の方法で撃退、それでもひるまない相手には実弾を用いる優良な学校もあると聞く。見張り塔に狙撃手を常駐させているところもあるらしい。息子の学校も早くこのように適格な設備を整えてほしいものだ。

学校には何人かの職員がいるものの、生徒を直接指導するなどという不潔かつ非効率かつ無責任な体制は取られず、生徒各々の机に備えつけの端末を通じて、離れた部屋にいる教師の授業を受けることになっている。入学式も体育館ではなく各教室のこの端末に映し出された校長が次のような話をする、という形式が取られた。曰く、先生たちだって人間ですから生徒の皆さんに暴力をふるったりすごくいやらしいことをしてしまうかもしれません、逆に皆さんが先生たちを刺したり犯したりするかもしれません、そういう事故を防ぐためにこういう形を採用しています、なお皆さんの間で怪しげな言動が見られた場合には、座っている椅子や教室の床のセンサーがそれを察知して電流が発生するしかけになっています、と。現に息子のクラスのある男子生徒が校長の話の最中にあくびをしたため椅子からビリビリとお見舞いされ、一時的に気を失った。両親は子どもに目もくれず机上の画面に向って、ありがとうございますと頭を下げた。私は妻と顔を見合せて、いい学校だねと頷《うなず》き合った。校長は続けて、当校はこのような設備によりまして生徒が授業に集中しやすく、またいじめがなく一人の問題児も生まない究極に安全な空間を目差して日々努力と前進を続けています、現在はいま御覧になっている画面に教師が映し出されるわけですが、人間が人間を教育するなどという野蛮な形式を廃し、優秀なシステムが優秀な人間を作り上げるという理想的な形を追求してゆきます、上の学年では今年度から実験的に、特に成績優秀な生徒を選んで次のような教育を提供します。

画面には五年生くらいの女子生徒が映し出される。頭を横に向けると、こめかみにコンセントが埋め込まれている。そこへ太いプラグが差し込まれ、何かの電源が入れられるカチッという音。途端に生徒の体が震え出す。校長曰く、いまこの生徒の脳内に特殊な注入を行っています、三十分も続ければノーベル賞学者なみの頭脳の完成です。

ところが生徒の震えは激しくなり、目から火花が出、皮膚が焼け始めた。画像が途切れてまた校長が登場し、いまの生徒は能力が足りないために我々のシステムを受け入れられなかったようです、新入生の皆さんはどうかこのような失敗作とならないよう十分に注意して下さい、賢くなって下さい。

入学式からの帰りがけ、学校から配給された、空気中のあらゆる不純物を遮断する防護マスクを嬉しそうに被った息子が言った。僕、頑張るからね、頑張って賢くなって、賢くないパパとママを助けてあげる。

私は妻を見て言った。こいつ、分ってるじゃないか、さすがは僕らの子だ。

隣の声

朝起きた段階ですでに腹は緩かった。前の晩、いつもは途中で焼酎に替えるのに、暑かったせいでずっとビールばかり流し込んでいた、それが悪かったに違いない。

会社へ行くためのいつもの電車の中で、腹部の違和感が、淀んだ痛みへと変ってゆくのがはっきりと分った。会社まで我慢出来そうになく、駅のトイレに入った。洋式だったが除菌スプレーがなかったので仕方なくトイレットペーパーを適当な長さに切り取り、それで円を作って便座を覆い、ズボンと下着を下ろして腰かけた。

中身の放出には思ったより時間がかかった。出し切ったと確信した途端に腹の奥の方から次の一団が攻め寄せてくるという展開で、なかなか手強かった。

なんとか出すべきものを出し尽して尻を紙で拭き、下着とズボンを上げ水を流し終った時、隣から何か鈍い大きな音がした。何事かと思っていると続けて同じ音が聞え、人の呻《うめ》き声がする。殴られているらしい。やっかいだ。さっさと逃げるに限ると鍵を開けようとしたが、ひときわ高い声が響いたかと思うと、急に静かになった。こちらの動きも止まってしまう。なんの音もしない。小便器の方には誰もいないらしい。迷っているひまはない。今度こそと鍵に手をかけて開けようとした。

「ちょっと待ってもらおうか。」

隣からの若い男の声で、また動きが止まる。

「そうだ、間違いなく隣のあんたに言ったんだ。言うこと聞いてくれてありがたい。」

この個室に入った時点ですでに隣にこいつがいたのかそれともあとから入ってきたのか、いやそれはどうでもいい。

「このトイレにはもう誰も入ってこないよ。入口をうまいこと塞いであるからな。嘘だと思うんだったら自分の目で確めろって言いたいとこだけど、そうされたんじゃこっちが困る。あんたにはずっとそこにいてもらいたいんだ、とりあえず、ずうっと。」

言葉が単純過ぎる。意味が分らない。分らない以上に、この単純は怖い。

「いまここで俺が何をやったかだいたいのところは察しがつくよな。あんたの想像してる通りだ。もっとはっきり言えば想像よりまだまだ残酷だ。この世でこんなことが起っていいわけがないって誰でもが思う、そういう類のことだ。つまりどうやったって取り返しのつきっこない、ろくでもないことをやった。あんたのすぐ隣で。」

入口を塞いだというのは本当だろうか。業者を装って清掃中の札を出しておくだけだと完全に塞げはしないから、手下にでも見張らせているのかもしれない。

「あんた自身に関してものすごく正確なことを一つだけ言っておく。要するに、あんたは途轍《とてつ》もなく運が悪かったってことだ。いまのあんたは運の悪さ以外になんにも持ち合せちゃいない。てことは、その運の悪さにすがるしかないってことだ。それを手放したら、あんたは終りだ。」

いまの時点ですでに何もかも終っているような気がしたが、私は思い切って、

「運の悪さを手放さないっていったい――」

「だからさ、ずうっとそこにい続けるってことだよ。このトイレの箱があんたの人生そのものになるってことだ。それじゃあな。」

隣の扉が開く音。コツコツと鋭いまま遠ざかってゆく靴音。私自身の呼吸だけが取り残される。呼吸だけが……

何分くらい経ったか分らない。誰も来る気配はない。それでも、まだ誰かに見張られているのかもしれない。

私はひどく興奮していた。鍵のつまみに指をかけて一気に引き抜き、扉を開けた。隣の個室の扉も開きっ放しだ。中を覗《のぞ》いてみた。

何もなかった。誰もいなかった。私は運の悪さと興奮を保つために今度はその個室に入り、笑いながら扉を閉め、鍵をかけた。

国防の夜

夜が緊張している。海岸に国籍不明の特殊部隊が上陸し、作戦行動を開始しているというのである。私は自宅マンションの居間で妻と向い合せに腰をかけ、耳を澄ます。軍の車が、戸締まりをして決して外に出ないようにと呼びかけて回り、それが通り過ぎると、断頭台のような危険な沈黙があたりを満たした。街は真夜中の巨大な刃の落下を待って震えている。斬られるのは誰の首でも構いはしない。他人が死ねば自分が生きられる。とにかく事が始まって終る、それだけがこの夜に課せられた役割と言える。破られない沈黙が、やがて来る叫喚を想って興奮し、発情している。

四方を海に取り巻かれているこの国のことだから、天然の要害を持つとも言える反面、一度海岸線を突破されれば脆《もろ》い。国籍不明と言っているが敵対する国はいくつかに限られる。これまでにも何度かあった。その度に日常は停止し、どこでどう動いているか姿の見えない敵に恐怖し、同じく目の前にはいない、日頃はその存在を強く意識することのない国防軍に、日常の回復を丸ごと預けることになる。兵士の一人一人は当然私たち夫婦がどのような日常を送っているかを知らない。ただ国防の任務を厳格に貫いて行動するだけである。けだし、前線の兵士が自国民の瑣末《さまつ》な日常を微細に想像していたのでは、仕事に支障を来す。敵と交戦するかもしれぬという瀬戸際に国民各々の生活を具体的に、例えばどこそこの家の味噌汁の具は豆腐とわかめだろうかとか、いま見えている住宅はかなり古いが雨漏りしていないだろうかなどと思い浮べていたのでは話にならない。守るべき国民生活を意識から排除し、恐らくは兵士自身の日常さえ締め出すことで、初めて国防が成立する。国民を無視してこそ国民を守り得ると言える。

このようにじっと居間で、無言のまま私と向い合い、事態が過ぎ去るのを待っている妻は、十才近くも年下の男と浮気をしている。もう半年ほどにもなる。私の職場の部下で、何度か家に呼んで食事を御馳走したりしているうちに、着々と関係が作られ、発展してきたというわけである。部下は職場で平気な顔をしている。一方妻は妻でいつも落ち着き払っており、私との夜もそれまで通り、いや決して認めたくない事実をあえて言うなら、浮気発生以前よりも格段の濃密さで営んでくれている。部下によって妻の体が新たな局面に入り、開発された様々な要素が夫である私にまで、着実で豊かな波となって押し寄せているのだ。私は部下を憎み、妻を蔑《さげす》む。所詮は下等な動物同士の交接でしかないと嘲《あざけ》る。そうやってどうにか保たれている精神が、部下によって開発された妻の新しい体がもたらす圧倒的な快楽によって崩壊し、私は妻をあがめ、肉体の単純な満足において、密かに部下に感謝し、部下を尊敬することとなる。

遠くでかすかに銃撃が爆《は》ぜる。清潔な沈黙を邪魔された夜は、連続する交戦の響きそれじたいによって苛立《いらだ》たしげに揺れ動くが、私たちは居間で向い合ったままだ。突然大きな爆発音、続いてそれまでより激しい銃撃の音。居間の私たちはなおも静止を保っている、まるで我々夫婦の、部下を巻き込んだ異常で豊潤な性生活の獣性が暴露されるのを恐れているかのように。

だがこの三人の生活は戦闘といっさい関係がない。兵士たちは味噌汁の具に関心がないのと同様、私たちの異常を認知しない。この瞬間、異常な性は国防から捨て置かれ、全く同時にしっかりと守られることになる、善良なる一般家庭の見本であるかのように。

銃撃は乱れながら流れ、爆発音もこちらへ徐々に近づいてくる。

「怖い。」と妻が呟《つぶや》く。

「大丈夫だよ。国防軍は強いから。」

爆発、爆発、爆発。居間が小刻みに震え、私の下半身は激しい反応を示す。

鍵を探す

　街路樹の枝葉の間に自宅が見えてきて、仕事帰りのこのタイミングでいつもそうするように、鞄《かばん》の脇ポケットに手を入れた。

　いつもそこに入っている筈《はず》の鍵がなかった。鞄の中を、底の方まで手を突っ込んで探り、書類を取り出して下へ向けて振ってみたが無駄だった。この時はまだ大丈夫だと思っていた。上着の外と内のポケット、ズボンの前とうしろも、それぞれ二、三度ずつ探した。裏地まで引っ張り出してみた。漸《ようや》くわずかばかり不安になり、もう一度鞄の中を手探りし、さらにもう一度スーツのポケットを確めようとしてやめた。

　三年前に妻が出ていった。息子は結婚して県外に住んでいる。内側から開けてくれる人間はいない。合鍵は、家の中のどこかにある筈だ。

　落すとすればどこだろうかと、まだ十分に夕日が照っている歩道を、さっき降りたバス停に向って、路面に視線を迷わせて戻りながら、気がついて会社に電話をかけ、残っていた同僚にわけを話し、自分の机の上や周りを探してくれるよう頼んだ。引き出しを開けても構わないからとつけ加えた。

バス停まで来た。どこにもなかった。退社してからここまでのことを思い出してみた。ついでに今朝家を出てからの記憶も、可能な限り探ってみた。どこかで鍵を取り出した覚えはない。当り前だ。自宅の鍵なのだから、朝家を出て夕方帰るまでの間、手に取る必要はどこにもない。自宅そのもののことさえ、思い出しもしない。

同僚から連絡があり、ざっと見たところではどこにもない。もう一度探してはみるが、という返事だったので、悪かったな、もういいんだよ、と伝えた。切ってから、もういいんだよという自分の声が、何かひどくちっぽけで絶望的なものに感じられた。その言葉といい鍵といい、それ自体にはたいした価値のないちっぽけなものに、いいように引きずり回されてしまっているのが情なかった。

一番近い鍵の業者を携帯で調べようとして、それは明日にしてとりあえず今晩だけ泊めてくれそうなところはないかと、親族や友人の何人かを思い浮べた。もう長い間つき合いがなかったり、泊めてもらうほどの仲ではない顔ばかりだった。そうだ、あの男なら、と思い当たった大学時代の同級生が、一年ほど前に亡くなっていたことに気づき、大きな溜息《ためいき》をついた。なぜ友人の死を忘れていたのだろう。本当に忘れていたのだろうか？　覚えているのにわざと忘れたふりをしたのではないか。いや、ふりをしておいて、ああそういえば死んだのだったと、残酷な思い出し方を味わってみたというだけではないのか。考えてみればそう親しくはなかった。生きていても泊めてくれとは頼まなかっただろう。

　バス停から、自宅に向って歩き出した。戻ったところでどうにもならないが、駅前まで出てホテルの空室を探そう、という考えも、もういいんだよ、のこだまが聞えてきて消えた。六十年近い人生が、もうどうでもよかった。つまりどれだけ残っているか分らないこのあとの人生も、どうでもいいのだ。何をして、どう生きたところで、鍵一本ほどのことでしかない。何程の価値もないものでしかない。そうして、人生の中で何かが起るとしたら、鍵をなくして家に入れない、せいぜいそのくらいのことでしかない。あとはただ、平坦で、無害で、寸法通りの、決してはみ出したり崩れたりすることのない時間が、ゆっくりと過ぎてゆくだけなのだ、ありがたいことに。

　自宅まで帰り着き、何の気もなくノブに手をかけた。開いた。とっさに泥棒かと疑ったが、居間の壁に刺したフックに、いつも通り鍵がぶら下がっていた。本当に誰も入らなかったか、なくなったものはないか、各部屋を確めた。なんの異常もなかった。

昇天

町の西側、海岸線近くの、昔は漁師たちが漁具置場にしていた古くて小さな木造の平屋からなんだか妙な物音がすると、海辺で酒を飲んでいた若い男たちが警察に通報した。早速パトカーが飛んできて、町の住民も面白半分で加わり、小屋を取り囲んだ。確かに内側から壁に何かがぶつかる音がして、その度に建物全体が震える。音の中にはどんな種類か想像もつかない生き物の鳴き声らしいものも混っている。

町の力自慢が進み出て、扉に大きな拳を何度も見舞い、こじ開けた。他の者たちは背後から恐る恐る覗《のぞ》き込んだ。

壊された扉から差し入る日光に浮び上がって震えている一匹の龍を、人々は見た。鱗《うろこ》があちこち剝げ、角《つの》が折れ、髭《ひげ》は枯れ、片目は潰れ、苦しげに息をし、火を吹く力は残っていそうになかった。最近このあたりで龍が目撃されたことはなかったので、人々は当初の恐れを早々と退散させ、珍しがってじろじろ見た。龍などという時代遅れの生き物に出くわせば誰でも、自分たちより劣ったものとして認識するに違いない。おまけに傷だらけで震えていて、かつて「ヨハネの黙示録」の中で天の星の三分の一を尾で掃き寄せ地上に落下させた、あの邪悪な種族の生き残りとはとても思えないのだから。おおかたどこか他の土地で古い時代の珍しい生き物として見物客を集めるために使われ、命からがら逃げ出したか、餌代が高くつくために興行主に見捨てられ、海を泳いでやっとこの海岸に辿《たど》り着き、小屋に身を隠した、といったところだろう。

町の者たちは話し合ったが、龍と会話出来る者は一人もいなかった。殺し方も分らなかった。弱っているとはいえ下手に退治しようとすれば、どんな災いを町にもたらすか知れたものではない。

町一番の札つき男が呼び出された。喧嘩《けんか》や盗みで何度もぶち込まれたことのある、町中で知らぬ者のない鼻つまみだった。警察はこの男に、龍を町から連れ出すよう命じ、さらに、そのままここから出てゆき二度と戻ってこないように、とも言った。当局としては、やっかいな生き物とやっかいな人間がいっぺんにいなくなってくれれば、ともくろんだわけだ。男は拒んだが警察から、言う通りにしないと鉄格子の中に死ぬまでぶち込まれるハメになるがそれでもいいのかと脅され、仕方なく一人で小屋の中に入っていった。

龍はあい変らず苦しげに息をし、いまやなんの威嚇にもなっていない唸《うな》り声をかろうじて立てていた。男はさてどうしたものかと考え、まず大声を上げたり、金属のバケツを棒で叩《たた》いてみたりしたが、龍はいっそう震えながら小屋の隅にうずくまって動こうとしない。今度は小屋の外側から壁をドンドン蹴ってみたが、唸るばかりで出てくる気配はない。漁港に上がった魚で誘ってみても駄目だ。散々悪さをしてきた悪党の俺にも出来ないことがあったのかと、自分で自分が情なくなった。

男はとうとう最後の手段として、小屋の周りを薪《まき》で囲み、油を振りかけ、火をつけた。瞬く間に炎が輪を描いて広がり、小屋はまるでこの時が来るのを長い間待ち続けていたとでもいうように、嬉々《きき》として燃え上がった。木材が焼け焦げてゆく音と龍の声が絡まって地響きを立てた。男は、このまま龍が焼け死んだら残った自分はやはり死ぬまでぶち込まれるのだろうか、と考えた。

だがそうはならなかった。小屋の屋根が叫びを上げて破裂し、龍の形をした炎が飛び出し、立ち尽していた男に向って突進し、飲み込むと、天へと翔《か》け昇っていった。

人々はその日から、天へ戻った龍が聖書にある通りに、星を地上に落下させるのではないかと恐れた。あの札つき男がどうなったかは、誰も気にしなかったのだが。

作家Tの失踪

真昼の日差はまだ夏だった。俺は国道から裏側へ二、三筋入った通りの店を一軒ずつ探してゆくことにした。飲み仲間である作家のTが、この十日ほど全く姿を見せないのだ。連絡してみてもつながらない。長期でどこかへ出かけるという話も聞いていない。こんなことは初めてだ。

一軒目では、早くもどこかで現場を終えたのか、脱いだヘルメットを床に置いた男何人かが、ジョッキの中身を口の中へ流し込みながら同時に喋《しゃべ》るという奇妙な技をやってのけていた。ビールは一滴もこぼれなかった。カウンターの一番奥にはいつの号だか分らないぼろぼろの雑誌を見ている、寝巻のような服を着た八十くらいの女がいた。

「Tを知らないか?」と俺は訊《き》いた。

喋り合っている男たちは俺の方を一人も見なかったが、その中の誰かが、

「さあな。あんな野郎になんの用だ?」

「用じゃなく、顔を見てないかと訊いてるだけなんだがな。」

男の一人がはっきりと俺を見た。右頬に何かのいれずみをしていた。

「用が無いんなら探さなきゃいいだろ？」

「用じゃなく、ただ探してるんだ。」

「意味のないことばかりほざいてやがると、ためにならないぞ。分るか？」

だいたい分ったのでそれ以上訊かなかった。奥の女が咳払《せきばら》いした、と思えたのは皺《しわ》で出来た指がページをめくる音だった。

二軒目は広い店で、客が多かった。ホットサンドやオムレツの皿が店員の手に乗せられ、空中を行き交い、ぶつからずにうまいことすれ違ってゆく様を眺めていると、一番近くで皿を片づけていた女が、

「席は一つでいい？　御注文は？」

「Tを探してるんだが……」

ところが、なんの答も期待していなかったのに反して女は一度引っ込み、すぐに黒いリュックを持って戻ってきた。

「忘れ物だよ。一週間ほど前だね。」

「Tが忘れていったのか？　本人がここに来て、忘れていったんだな？」

「どうだったかね。あの人の持ち物だってことは間違いないけど、本人が来たかかな？」

俺はリュックを受け取って店を出た。もうちょっと静かなところで考えをまとめようと思っ

たのだ。通りはまだ日差が強かった。大きなヘリコプターの飛ぶ音がしたが、何も見えなかった。

三軒目の店ではバーボンの甘い匂いがしたが、俺はスコッチにした。どういうわけか知らないが、テーブル席で若い女が、肩のあたりを押えて呻《うめ》いていた。その横にいる足の長い男が、言うこと聞かないから刺してやったんだ、と俺に向ってナイフを見せ、自慢げに笑った。なんでこんなことになっているのか誰かに教えてほしかったし、よっぽど店を出ようかと迷ったが、スコッチが注文通りに出てきたので、とりあえずここにいようと思った。

リュックの中身は、まだ何も書かれていない紙、鉛筆、次回作の小説の骨格を書き出したメモ、それからどこかの地図と着替えが何枚か入っていた。金はないな、と俺は一瞬思い、それをTに申し訳ないと感じたが、心底申し訳ないというのでもなかった。金はない、という思いがいつまでも消えず、実際どこにも金は見当たらなかったからだ。Tが金を持ったまま消えたのが、果していい兆しなのか、悪い事態なのか、俺には分からなかった。誰かがリュックから財布だけ抜き取ったのかもしれない。Tの存在はいったい誰に抜き取られたのだろう。

俺はスコッチを飲んだ。足の長い男は笑いながらうとうとし始めたが、女は血色を失って、立ち上がりそうになかった。呻き声も止まっていた。俺の足許にはバッタか何かが死んで砕けていた。神はいないようだった。

消えた女の話

海岸近くのバーは混んでいたが、派手な怒鳴り合いや殴り合いが始まる展開にはまだなっておらず、一つの話題に誰もがおとなしくぶら下がっている、といった状態だった。港で女が一人、消えたのだという。

「どんな女だ？」

「そこまでは俺も知らない。消えたんだ。」

「年は？　若かったか？　顔は？」

「そんなことどうだっていいだろ。問題はなんでいなくなったのかってことだ。」

「どうだっていいってことがあるか。」

「たぶんいま頃は海の底か、じゃなかったら船に乗せられてどこかへ……」

「どこかってどこだ。やばいところか？」

「やばいところってどこだ。」

「やばかろうがやばくなかろうが、どこかはどこかだ。俺たちが絶対行きたくないような、どれだけ行こうとしたって行けないようなところだ。どこかっていうのは、だいたいいつもそういうところだからな。」

「案外、まだどこかの港で客を取ってるのかもしれないな。」

「どんな女だろうな。若いかな。目は大きいかな。」

「まだ言ってやがるのか。そんなこと、誰も知っちゃいないよ。」

「でもよ、消えたってことが分ってるのにどんな女だったか誰も知らないってのは、筋が通らないじゃないか？　それじゃあまるで、最初っからどこにもいなかった女が消えたっていう話になっちまうじゃないか。そんなの、消えたことにならないよ。」

「待てよ、だったらその女は消えてなくて、まだそこいらに、港あたりにつっ立ってるってことか？」

私はそれまで黙って聞いていたが、

「その女ならよく知ってるよ。」

バーそのものが銃口を突きつけられでもしたみたいに、ぴたりと静かになった。

「間違いない。港で何度か見かけた。特に美人でもなかったけどよく覚えてる。」

銃口を怖がっているうちの一人が、

「買ったんだな。どうだった？」

「まさか。ただ見てただけだよ。」

「なんで消えたのがその女だって言い切れるんだ?」

「買おうが買うまいが分るよ。ここんとこ見てないんだからな。」

「だってよ、他に誰もその女を見たやつはいないんだぞ。本当に見たのか? 本当に女か? 幽霊ってことはないのか?」

「たぶん生きてる女だったと思うけど。」

「どっちでもいいだろ、どうせ消えた女なんだから。」

「冗談言うな。人間か幽霊かっていうのはかなり大事だろ。幽霊は買えないんだぞ。」

女がいたかいなかったか、人間か幽霊か、銃口を外された店内は際限なく盛り上がった。私は問い質《ただ》される度に、確かに見たよ、と笑って答えた。質問した方は、どうも信用出来ねえ、と不満そうにしながら、果てのない議論を楽しんでもいた。実際、女の存在の真偽よりも、議論そのものが客たちの目的だった。そのうち怒鳴り声が上がり、グラスが割れ始めた。いつもの展開だ。一日の終りにひと騒ぎ、話題はなんでもいいのだ。私も話題を煽《あお》った一人として、誰かから後頭部に一発くらった。それですんだ。どさくさのうちにどうにか店を抜け出した。追いかけてくる気配はなかった。

私は港で女など見ていない。ただ客たちの話に適当に首を突っ込んでみたかっただけだ。存在したかどうかさえ分らない女のことで、勝手な話をするのが面白かっただけだ。他の客たちとの違いは何もない。今度バーに行った時には、他の誰かが得意そうに語る全然別の話題を、肯定か否定かして、面白がるのだろう。消えた女のことは、自分が捨てた女のように思うのだろう、いたかいなかったか知れない女のことを。

墜落

巨大な鷲《わし》がもうずいぶん長く、空を飛んでいた。何十年、何百年になるのか、全く分らなかった。地上の人間たちの誰一人として、その鷲が地面に降り立ったところを見たことがなかった。大陸を豊富に覆う山野の植物とそこを通過してゆく四季とが、自分たちを無視して悠然と飛翔する鷲を恨んだ。どれほど立派な翼を持つ種族であろうと、地上から完全に離脱して生きることなど許されはしない。翼は地上から飛び立つための道具だ。地上があってこその翼であり、飛翔だ。地上に降りてこない翼は翼ではない。もしも終生、天空をすみかとしたいのであれば、二度と地上に戻ってこられないように、死を選ぶべきではないか。

ところが、月曜日のことである。某国の空軍が、鷲の飛ぶ高度がいままでより若干低くなっている事実を摑《つか》んだ。この異変はただちに世界中に伝えられ、専門家による分析が行われた。それによると、確かに鷲の高度はこれまで計測されてきたどの数値と比較しても間違いなく下がっている。その原因については、多くの角度から意見が出された。乗っていた気流からうっかり外れてしまったためではないか。いや、長年の飛翔でとうとう翼の力に限界が来たのだ、何年も餌を摂《と》らなかったツケが回ってきたのだ。違う、天空をたった一羽で飛ぶ、その途方もない孤独に耐え切れなくなって、自分の意志で地上を目差しているのだ……

火曜日、水曜日と進むにつれ、鷲は速度を増し、どんどん高度を下げていった。それとともに人々の関心は、なぜこのようなことが起きているのかという点から、鷲がもし地上に降りてきた時いったいどうなるのかとの推測へと移っていった。そもそも、無難に降り立つことが可能だろうか。高度が下がっているというのはつまり、地球の重力に引きずられて落下しつつあるということだ。降り立ち方も知らないまま、地面に激突してしまうことも十分に考えられる。普通であれば、ただ鳥が一羽、落ちてきて死んだというだけですむのだが、これほど長い間飛び続けていた鷲が落ちたとなれば、地上に何か悪い影響が出ても不思議ではない。天空だけにあって地上には存在しない有害な物質をもたらすかもしれない。仮に鷲が病気にかかっているのだとしたら、病原体が飛び散るかもしれない。その場合、責任は鷲自身に取らせるのが妥当か、それとも落下を認識しながら防げなかった人類が負うべきか……

木曜日、金曜日と落下は続き、速度は増し、土曜日になると、最初に高度の低下を確認した某国が、軍の面目を保つため、鷲の撃墜計画を作り、各国に打診した。

しかし、同軍がまさに発進の準備に入ろうとしていた日曜日、鷲はそれまでより急激に速度を上げて降下してゆき、予想されていた地点よりかなり手前の、人間がめったに足を踏み入れない山岳地帯へと落下してゆくのが確認されたのを最後に、あらゆる追跡の網の目から消えた。一週間かけて地上との距離を縮めてきた鷲がその翼を休めたのだ、天地創造を終えた神のように。

すぐに捜索隊が組織され、山中へ送り込まれることになった。鷲が消えていった地点へ向って、困難な登攀《とうはん》が行われた。これもまた、丁度一週間を要した。

辿《たど》り着いた捜索隊は、飛行機ほどもあろうかという鷲の死骸を確かに発見したが、その周囲には、このあたりの山にすむ通常の大きさの鷲が群れ、墜落した巨大な鷲をむさぼっていた。原形を失い、骨が剝《む》き出しだった。地上の小さな鷲たちは、自らの神とも祖先とも呼ぶべき存在である天の鷲の肉で腹を太らせ、平和な目をしていた。天の鷲は天を終生のすみかに出来なかった。

捜索隊の調査の結果、人間に悪い影響を及ぼしそうな物質や病原体は発見されなかった。

俺とお前

選挙には行ったか。行かなかった。なんでだ、俺は行ったぞ。意味ないよ、一票じゃなんにも変らない。当り前だ、一票で何かが変わるなんてあり得ないだろ。じゃあなんで選挙ってものがあるんだ。一票じゃなんにも変らないことを確認するためだろ。なんだそれ。それを確認するだけでも上出来ってもんだ。意味分んねえな。当り前だ、物事にそんなに意味ばっかりくっついてたんじゃたまらない。選挙に意味がなかったらこの世の中いったいどうなるんだよ。おいおい、選挙に行かなかったお前が言うことじゃないだろ。それもそうだ。あっさり納得されても困るけどな。なんなんだよいったい。まあ平たく言えば選挙が行われることに意味があるんであって、結果はどうでもいいってとこだな。いまひとつよく分らない。分らない方が幸せってこともある。分ったらもっと幸せなんじゃないか。物事の分った人間に幸せそうなやつはいない。幸せなのと物事が何もかも分ってるのと、どっちがいいかな。お前は十分幸せだよ。じゃあ俺は物事が何も分ってないやつってことか。何もかも、分りたいのか。そうだな、少しは分った方がいいかな。不幸になってもか。お前は何もかも分ってるのか。そう思ってた時もあったけど、分らないことの方がだんだんと増えてく感じだな。幸せなのか、不幸なのか、どっちだ。自分は何も分ってないってことが分ってるんだから、どっちかな。分ってないことが分ってる……それって分ってることになるのか。そうだな、どっちだろ、やっぱり分らない。だけど俺にだってはっきり分ってることとくらいあるぞ。なんだ。いま、どうしようもなく寒いってことだ。確かにな、海も空も凍りそうなくらいにな。神様だってカチンコチンになっちまいそうなくらいだ。神様は凍らないだろ。神様が凍るのと俺たちが凍るのとどっちがいいかな。比べるな。そうだな。寒いのも当り前だ、十二月だからな。もうすぐ来年になっちまうなんて、いったい全体どうなってるんだ。今年が終るんだから来年になるに決まってるだろ。そうとは限らないかもしれないぞ。バカ言え、今年が終って来年が来ないなんてことがあるか。今年、今年、今年は何があったんだ、一番はなんだ。なんだろ、ええと、まず昼間のテレビからタモリが消えた、それとニューヨークのヤンキースタジアムからデレク・ジーターが消えた、まあだいたいそんなところか。他にもいろいろあったんじゃないか。でもだいたいその二つだ。そうかな。少なくともだ、今日の選挙よりその二つの出来事の方がでかいだろ。それはそうかもしれないな、タモリとジーターに勝てる政治家なんかいるわけがない。もう一つ、今年の出来事ではっきりしてるのはな、俺とお前がここでこうして生きて喋《しゃべ》ってるってことだ。おっとそうだな、それを忘れちゃおしまいだ。世の中の何十億って人たちの中には困ってたり死にかけてたりする人もいて気の毒だとは思うが、俺たちにとっては、俺たち自身がお互いに顔を合せてわけの分らないことばっかり喋ってる、そのことが一番大事ってわけだ。俺たちにとっては確かにそうだけど、ここで二人が喋ってるってのは、世の中から見ればずいぶんちっぽけ、というよりかなりチャチなことじゃないか。チャチで上等、ご立派に、お利口な人間はお利口に生きればいいし、俺たちみたいにチャチなやつはチャチに生きればいいんだ。なんだそれ。でもとにかく、最高に幸せだろ。そうだな、まあ最高だけど、もう一人忘れてる。誰。ラフロイグの野郎だ。ああそうだな、こんな夜はあいつを流し込みたくなる、とびきり匂うあいつをな。俺がおごるよ。お前いいやつだな。だろ。タモリとジータートとラフロイグ、俺とお前、みんな最高だ。

自由の首輪

　新作小説刊行の打ち合せのために上京し、ついでにある新聞の文化部の取材を受けた。顔見知りの若い女の記者だったが、久しぶりに会ってみて気になったことがあったので、新作についての取材がひと通り終ったところで思い切って尋ねてみた。

「あなたが首につけてるそれだけどね。」

「は？　ああ、これが何か？」

「犬の首輪にしか見えないんだけど。」

「そりゃそうですよ、本物の犬の首輪ですから。」

「なんでそんなものつけてるの？　はやってるのかね、そういうのが。実はきのう会ったばっかりの雑誌の編集長も同じようなやつをしててさ、その時はどう訊《き》いていいんだか分んなくて何も言わなかったんだけど、やっぱり本物の――」

「ええ、ペット用の犬の首輪ですよ。」

「しかし東京では妙なものがはやるね。」

「うーん、はやっているといえばそうですが、これは忠誠の証明みたいなものですね。」

「忠誠って会社に対しての？　いま時の若い会社員でもそんな風なの？」

「いえ、会社っていいますか……会社も含まれるとは思いますけど、何かもっと大きなものに対しての、純粋な気持の表れです。」

記者の目は確かに純粋な光をたたえていたので、私は少し怖くなった。

「いまのお話ですと雑誌の編集長さんもなさっていたということですが、出版社とか新聞とかテレビとかの業界で、これつける人が多くなってるんですよ。つまりメディア、表現の分野の人たちですね。とにかく仕事がしやすくなったって、評判なんですよね。」

何かタチのよくない新興宗教にでも引っかかっているのではないかと疑いながら、

「何かのおまじない？　御守り？　仕事がしやすいってどういう風に？」

「うちだと政治部が特にそう言ってます。取材がしやすくなったそうです。」

「政治家への取材が？　首輪をつけてるだけで？」

「首輪が必要だということですよ。テレビ局の人たちから聞くとよく分ります。十二月の選挙前、与党が各局に、公平な報道を求める内容の通達をしましたよね。それをきっかけにして、以前から少しはやってた犬の首輪を、テレビ業界の人たちが思い切って取り入れたわけです。そしたら与党の取材も一気にしやすくなった、この分なら春の統一地方選の報道も与党に許可してもらえそう――」

「ちょっと待って、許可されてやるもんじゃないだろうに。どうにもよく分らないんだけどね。首輪をすることで政治報道がしやすくなる、なんでそんなことになってるわけ？　どういうからくりがあるっていうの？」

「からくりなんかなんにもありませんよ。あるのはただ、忠誠です。」

「だから、何に対しての忠誠なわけ？　いまの話だと、首輪をつけて政治家に忠誠を誓ってるって聞えるんだけど。そんなことで自由な報道が出来るかね。」

「自由のための首輪ですよ。忠誠の証明である首輪をつけて、見返りとして自由な報道をさせてもらう。メディアと政治はこれで対等になるんです。」

「しかしそれだとね、首輪つけて餌を貰《もら》ってることにならないかね。」

「そういう風にお考えになるのは全く田中さんの自由です。同時に首輪をつける自由というものもあると思うんですよ。むしろ、首輪なしで忠誠を示さずに自由な報道が出来ないっていう方が、メディアの怠慢です。作家でもつける方、いらっしゃいますよ。」

「作家が政治家に忠誠を誓うっていうの？」

「政治家とは限りません。作家の方がそれぞれに思う大きなものに対しての忠誠です。」

「私は大きなものが苦手なんだけどね。」

記者は黙って頷《うなず》き、心の底からとしか思えない満面の笑いを浮べた。

正常な春

二月だというのにもう庭の桜が花だらけになった。猫たちもそこらじゅうで交わっている。老いた妻が書斎へ持ってきてくれた新聞には、山から下りてきた雪男が造り酒屋を襲い、一滴残らず平らげてしまったと出ていた。そういえば二週間ほど前、近くの海岸に死体が上がった。水を吸って膨らんでいたので、人間なのか、人魚なのか、新種の深海魚なのか、見分けがつかなかったらしい。見ている人たちの前でだんだんと溶けてゆき、あとかたもなくなったが、その後何日かの間は、死体があった部分の砂が夜になると妖しく光っていたのだという。地元の大学教授が分析したところ、砂粒には、人間の悲しみや怒りの成分が付着していたそうだ。悲しみとか怒りなんてずいぶん古風なことねえ、と妻は言った。確かに、我々日本人が悲しみや怒りを覚えなくなってからかなり経つ。まるで法律で禁じられたかのようだ。無論、感情の起伏にはなんの生産性もありはしないのだから、なくなって当り前なのかもしれない。自分が最後に悲しんだり怒ったりしたのがいつだったのかも思い出せない。恐らくは今生ではなく自分が自分でなかった頃、前世でのことであったに違いない。自分が悲しんだり怒ったりするなど、想像するだけで気味が悪い。人間とは思えない。

そろそろですよ、と妻が呼びにきた。こんな明るい時間からというのはなんだか恥しいけれども（羞恥心は日本人の中に十分残されているらしい）欲望に逆らうことは出来ない。呼ばれるままに寝室へ行くと、すでにテレビがつけられている。海外展開している国防軍の、戦況生中継の時間。夜のこともあれば、今日のように午前中という場合もある。アナウンサーの実況。御覧頂いている通り我が軍は敵の本隊へ向けて迫撃砲による攻撃を行っている最中です。砂漠地帯に並んだ砲身から轟音《ごうおん》とともに弾が発射される光景が映し出される。私は妻に遅れまいと服を脱ぎつつも、画面から目を離しはしない。徐々に興奮してくる。下半身のたかぶり。皮膚が品よくたるんだ裸の妻が、やはり画面に目をやったまま、負けずにたるみ切った私の体に飛びかかってくる。二人とも互いの顔ではなく画面ばかりを見つめて体を合せる。そうでないと興奮が保てない。凄《すさ》まじい音と煙を伴っての発射。私自身も発射に向って妻の体を抱きしめる。そこに私は、新婚当時と変らない愛と欲望を発見する。戦場の実況中継に性欲増進効果があることはすでに広く知られているので、日々実行しているという国民は少なくない。テレビ局は勿論《もちろん》そのために中継しているのではなく、我が国の正義の戦闘、そこで命懸けの活動をする若き兵士たちの姿を、メディアの最大の義務として伝えているのだが、それを夫婦や恋人たちが有効活用しているというわけだ。そこらの薬品がかなわないほどの絶大な効果があり、政府もこれを推奨している。つまり国威発揚と少子化解消を同時に達成出来ることになる。録画より生中継の方が効き目が大きいとされる。もし仮に中継を見ながらのセックスによる妊娠であると認められた場合は、国がなんらかの手当を出すべきではないかとの議論が国会内で進んでいるという。私たちのような老夫婦にそれは望めないわけだが、この年齢まで快楽を味わえているのだから、国と軍には全く感謝感謝である。

私たちは果てた。戦闘はまだ続いている。快楽の余韻を楽しむために、画面を見たままの私と妻……やがて互いに、顔を見ず、服を着て、寝室を出てゆく。顔を見てしまうと、せっかくの余韻がいっぺんに消滅してしまうのだ。

悲しみにしても怒りにしても、昔の日本人はずいぶん不合理な、正常でない感覚を持ち合せていたものだ。この世のどこにそんな面倒なものが存在するのだろう？

書斎の外で、桜が散り始めた。

しょうらいのゆめ

ぼくはしょうらいつよくてりっぱなにんげんになりたいです。おとうさんみたいにおかあさんみたいになりたいです。おとうさんはこわいです。たまにぼくをぶんなぐります。おかあさんはあたまをよしよししてくれます。おとうさんがぶんなぐるのはぼくがわるいです。ぼくがわるいことをいったときです。がっこうのみんなとなかよくするをいったときです。ぼくがやさしくしたいをいったときです。ぶんなぐります。なかよくしたらやさしくしたらすごくだめだっていいます。なかよくしてやさしくしたらつよくてりっぱじゃないっていいます。ぼくはつよくてりっぱじゃないです。なかよくするなやさしくするなっていっておとうさんがにくいだろうっていいます。いみがよくわからないです。つよくてりっぱになるんだからみんなをにくめっていいます。みんなをにくんでぶんなぐるようにならないとつよくてりっぱじゃないです。いみがよくわからないです。でもつよくてりっぱになりたいです。つよくてりっぱはおとうさんです。おとうさんりっぱだっておかあさんがいいます。すごくすごくりっぱなのおまえにはわからないだろうけどっていいます。おとうさんはすごくまいにちたかいふくをきてたかいとけいをつけてたかいくるまです。うんてんしゅさんもたまにぶんなぐります。ぼくとかうんてんしゅさんをぶんなぐるおとうさんみたいにつよくてりっぱなにんげんになってみんなをにくみたいです。おとうさんはえらいです。かいしゃのひととかがっこうのせんせいはおとうさんをみてすごくすごくあたまをさげます。あのひとたちはよわいです。おとうさんはよのなかはつよくてりっぱなにんげんよわいにんげんわるいにんげんのみっつだっていいます。つよくてりっぱなにんげんがよわいにんげんをまもってわるいにんげんをやっつけないといけないです。やっつけたらへいわです。やっつけなかったらわるいにんげんがせんそうです。せんそうはにんげんがいっぱいしぬからだめです。ぼくもしぬからだめです。おとうさんもおかあさんもしぬからだめです。ぼくはすごくいいことをおもいつきました。せんそうのわるいにんげんがしねばいいです。わるいにんげんがしねばせんそうのにんげんがしんでへいわです。つよくてりっぱなにんげんよわいにんげんだけになったらすごくへいわです。ぼくはしょうらいつよくてりっぱなにんげんになってわるいにんげんがしぬようにしたいです。わるいにんげんがぜんぶしぬようにすればせんそうがなくてへいわです。ぜんぶしんでもまたわるいにんげんがいたらだめだからぼくはずっとずっとわるいにんげんがしぬようにします。しぬようにするのはしけいです。わるいにんげんはぜんぶしけいです。そしたらへいわです。しけいはへいわです。しけいはつよくてりっぱなにんげんです。ぼくもはやくおおきくなってしけいみたいなつよくてりっぱなにんげんになりたいです。せんそうがなくなってへいわばっかりがいいです。でもおとうさんはへんなことをいいます。よのなかからせんそうはなくならないっていいます。わるいにんげんはしけいでもずっとわるいにんげんだっていいます。せんそうがなくならないほうがいいっていいます。ぼくがどうしてってきいたらわるいにんげんがせんそうしておとうさんはおかねをもうけてるんだからわるいにんげんをやっつけるのはちょっとやっつければよくてぜんぶしけいはおかねがはいってこなくなるからいけないっていいます。いみがよくわからないです。せんそうがおかねでわるいにんげんがおかねです。おとうさんはつよくてりっぱなにんげんのおかねのにんげんです。わるいにんげんじゃないです。ぼくはしょうらいつよくてりっぱのおかねのにんげんになりたいです。

完成

　どこかに塔はある。私は歩き続けている、道以外に何もない荒野を、塔に向って。他には誰の姿も見えない。道は塔を作るために敷かれ、人々が行き来し、塔は完成するかに思えたが、建設を発注した施主がなぜか工事の中断を決定し、現場の作業員たちは突然職を失った。道を通る人は誰もいなくなった、まるでこの世から人という人が消えてしまったかのように。塔の建設は人類全部の経済発展の鍵を握っていた。出来上がったならば必ず荒野が開拓され、道が増え、建造物が林立する。そこでなされる経済の営為ばかりでなく、その豊かな街並こそが、人類の未来を決定的に明るませるに違いないと思われた。なのに工事は中断された。施主は姿を見せないままだった。代りに誰かが責任を取ろうとするでもなかった。誰かなど、どこにもいなかった。どこにも、誰の姿も、全く見られなくなった。たまに何かの影がちらつき、声が聞えた気がしても、ただ私自身がどこかに同胞を求めた果ての幻に過ぎないのだった。

　だからこそ私は塔へ向って歩いているのだ。歩こうと決めたのではない、歩かねばならないと気づいたのでもない。願望でも義務でもなく、衝動ですらなく、ただ歩いていた。未完成かどうかは問題ではない、塔さえあればいい。私、というものは、塔に向って歩いてゆくもの、歩かないのではなく歩くもの。私が私である以上、私というものがある以上、塔へ向って歩いてゆく。私以外に誰もいない。私以外に私はいない。塔、荒野、道、私。歩く。

風が吹いた。枯れ果てた樹木がかすかに揺れた。獣は白骨だった。川を何度か渡ったものの、水は濁っていて、口に食《は》むと苦かった。すぐに腹が痛くなった。食料はどこにもなかった。空腹は絶対だった。勿論《もちろん》私は、空腹と闘ってではなく、私自身と闘って歩き続けた。私は私と闘うことで私として前へ進むことが出来た。歩くのをやめてしまえれば楽なのにと、当り前のことを考えた。だが、もともと願望や義務の切実さとは無縁の旅程なのだ、やめるという選択そのものがあり得ないじゃないかと笑いが起きた。

倒れて、眠った。歩き続ける私にとってこの安らぎは非情であり、理不尽だった。間違いだった。私はありがたい間違いに溺れ続けた。眠りまでが、明確な旅程の一部として組み込まれていたのだろうか。

塔が見えた時、自分が起きているのかまだ眠りにとらわれているのか、よく分らなかった。分る必要がなかった。

塔は一見すると見事な円柱であり、頂上の部分は静かに尖《とが》っていて、工事途中ではなく完成されたもののように思えた。塔は塔であり、塔を見ている私は私だった。私は自分と塔の一体化を期待してでもいたというのか、ひどくがっかりしていた、何にがっかりしているのか説明出来ないにもかかわらず。塔と私の共通点は、全く動いていないということだけだった。目差す塔まで来たのだから当然私はもう歩いていなかったのだ。歩く以外のじぶんを久しぶりに手に入れ、私は驚き、同時に虚脱しているらしかった。眠り続けているのかもしれないと考えることで少しは慰められた。動かない塔と歩かない私。これほど似ているのに全く違っていた。

階段やはしごはどこにも見当たらなかった。壁の隙間《すきま》から内部を覗《のぞ》くとからっぽだった。管であり器だが、具体的な中身は想像出来なかった。塔は巨大な空洞の円柱として、荒野にさらされ続けるのだろう。塔は永久に天を掘り、永久に届かない。私はこの恐しい挑戦をずっと見ている、やがて私が私でなくなり、塔が塔でなくなる時まで。

もう一度眠るか目覚めるかしたあとも、塔は未完だった。どうやら自分自身がまだ生きているらしいのが、私には分った。

「夜分に恐れ入ります。田中慎弥先生でいらっしゃいますでしょうか？」

「そうですが、どちら様でしょうか。」

「御本人でいらっしゃいますね？」

「御用件は。この番号、どこからお聞きになりました？」

「どうしても先生に申し上げたいことがございまして、お宅に直接伺おうかとも思ったのですが、まずは電話でと考え、失礼とは存じますがかけさせて頂いた次第です。ほんの少しだけお時間を拝借致したいのですが。」

「ですからどのような御用件でしょう？」

「そのように興奮なさらないで下さい。申し上げたいことといいますのは、先生が今度発表されたお作品についてでございまして。新作小説『首相A』のAというのは、お訊《き》きするまでもないでしょうが、現在の首相のイニシャルから取られたんですね？　それからもう一つの意味としてはアドルフ・ヒトラーのAでもあると、インタビューで答えていらっしゃるのを拝読致しました。間違いありませんね？　……そのように黙ってしまわれたのではこちらも話しづらいのですが、とにかくその二つの意味ということですね？」

「確かにその意味ですが――」

「お作品の内容から推察致しますと先生は、首相に対してかなり批判的でいらっしゃる、というよりは全面的にバカにしておられるのではないかと感じるのですが。」

「あれは小説です。私の個人的な政治思想を書いたわけじゃない。まだ何か？」

「小説であるかそうでないかはどうでもいいのです。先生が首相を貶《おと》しめるお作品を発表なさった、その事実を確認しようとしたまでのことですよ。何か問題でも？」

「それはこっちが言いたいことだ。仮に首相を直接的に批判する文章を書いたとして、それのいったい何が問題なんです？」

「そう、その通りです。そこには特に問題はない。ただ、ああいったものを発表なさるからにはそれなりの覚悟はしておられるのでしょうね？」

「覚悟？　それは、小説を発表する時には誰にどう読まれてもという覚悟を――」

「安っぽい理屈はどうでもいいのです。首相を批判するのがどういうことか、失礼だが分っておられませんね。議会制民主主義によって公正に選出された首相を批判するのはすなわち民主主義を真正面から批判するに等しい。しかも首相はいままさに、我が国を不況から救い出し、世界に平和を構築しようとする懸命な努力の途上にあります。それを批判する者がいるとすれば、我が国と世界中の人類を不幸と暴力によって威圧しようとするテロリストに他なりません。完全に民主的な首相が平和的に統治する国家においてそのような破壊者は、断固排除されるべきではありませんか？　排除されるお覚悟を、当然お持ちでいらっしゃいますよね？」

「あんた、ヤクザか、右翼か。」

「国民、ですよ先生。善良なる日本国民ですよ。これは決して、わたくし、の声ではなく、切実なる国民の声、なのですよ。」

「目的はなんだ。私に危害を加えるのか？」

「とんでもない。ただ、先生が今後どのようなお作品を発表されるか、平和と民主主義を愛する国民として注視している、ということですよ。先生の作家人生が続く限り、どこまでも、ずっと、ずっと。」

「あんたの言ってることは完全に脅しだ。」

「曲解なさるのは御自由ですが、いま申しました通り、ずっと注視されている事実をくれぐれもお忘れなく。」

「もう一度訊く。あんたいったいどの筋だ？　誰かに頼まれたのか？　警察に通報してもいいんだぞ。」

「最後に申し上げますが先生の、いいえ最愛の御家族であるお母様の、胴体と、頭部とは、つながっていた方がよろしいですよね？　では、これで失礼致します。」

死に顔

私の訃報が届いた。重い病気にかかっているという話も聞いていなかったのでまさかと思い、親族や友人、仕事相手などに確認してみるとやはり間違いない。今日が通夜、明日が葬儀なのだという。今夜は残業なので参列出来ない、明日は必ず行くから、と一応返事はしておいた。事情はよく分らないがどうやら事故か自殺であるらしい。

私は呆然《ぼうぜん》としながらも、人の一生など全くいつどうなるか分ったもんじゃない、あんなに元気で愛されていた私がこうもあっさり逝ってしまうのだから人の世の移ろいというやつはどうにもしようがないのだ、と強いて言い聞かせ、仕事に戻った。明け方近く自宅に帰り、ウィスキーをストレートであおり、私のことを思い出しながら眠った。

昼過ぎに、教えられた葬祭場に着くと、それでもまだ半信半疑ではあった私の死を、否応《いやおう》なく突きつけられることになった。花と供物《くもつ》で飾られた祭壇の中央には、やや恥しそうに笑っている私の写真が掲げられていた。多くの参列者は席に着いたり立ち話をしたりしながら、私との最後の別れの時を待っている、という状態だった。私が私の葬儀に現れたので戸惑っている人もいるようだったが、そんな些細《ささい》なことよりも、私が死んだという事実をどうにか受けとめ、その上でなお悲しみが増してゆくのをどうすることも出来ない、といった風だった。

私は棺の中の私を見た。もともと太っている方ではなかったが、こうやって見るとよけいに細く感じられた。顔には薄く化粧がされていて、それがかえって、華やかな痛ましさとでも呼ぶべき空気を漂わせていた。

友人や知人が話すところを総合すると、どうやら自殺ということのようだった。遺書には、仕事がうまくゆかないことの苦悩が、私らしい神経質な、自嘲《じちよう》的で自己憐憫《れんびん》調の文体で書かれていたのだそうだ。話を聞いてから私はもう一度棺の中を見た。どういう方法を取ったのかは知らないがずいぶんと平穏な死に顔だと思った。決行の瞬間の肉体と精神の苦しみがもっと表れていそうなものだが、安らかだった。痩身《そうしん》と化粧の痛ましさも、美の要素だと言える。本当の覚悟を固めて死んだ人間は、こんなにも静かな表情になるものなのか。自殺というより、最も美しい姿を目差した結果として死んでしまった、という感じだった。自ら命を絶つというのは決して幸せなことでも素晴しいことでもないが、その不幸をこの美しい死に顔がどうにか慰めている。

だが、と私は思った。生前は苦悩していたのだ。それが解決出来ないために、私は行ってはならぬ道に足を踏み入れ、取り返しのつかないことになった。その結果が美しいというのは慰めではなく、神の残酷な仕打ちとは言えまいか。美しい死に顔にごまかされているとは言えまいか。どうして生きている間に、私の苦悩に気づいてやれなかったのだろう。気づいたからといって完全に取り除いてやることは出来なかったかもしれないが、私が苦悩しているのだと私が気づくことには、きっと意味があった筈《はず》だ。ああ俺は苦しいんだなあ、と思えれば、死を選ぶこともなかったのではないか。苦悩を直視出来ないことが、死を呼び寄せたのではなかろうか。こんなことは、生き残った私の甘い感傷に過ぎないだろうか。

読経、出棺、火葬と、私は私を見送った。骨は意外に太く、なぜか私はほっとした。死んで初めて顔を見せた新鮮な物質に、せめて心を落ち着けたかったのだろうか。

というわけで、私の死を通過しても私は生きている。なんと薄情なことかと叱られそうだが、私の死に直面しても、私は私として生きてゆかなければならない。生きる上での苦悩に気づかないまま、やがて安らかで美しい死に顔に至るのだとしても、せめて、もう暫《しばら》くは。

神の声

田中慎弥ハ死ネヨ。ドウシテイツマデモノウノウトイキテイルンダヨ、エ？　イロイロトオモイワズラッテナイデ、ヒトオモイニヤッテシマエバイイジャナイカ。ソウダロウ？　オマエハコドモノコロカラ、ジブンハソンナニナガクイキラレナイ、チチオヤノ死ンダネンレイヲコエラレルワケガナイ、トナンノコンキョモナクシンジテキタジャナイカ。シンジテキタジブンヲジブンデウラギルノカ？　チチオヤノ死ノネンレイヲモウナンネンモコエテシマッタトイウノニ、ハズカシクナイノカ？　チチオヤニモウシワケナイトオモワナイノカ？　オヤノ死ンダネンレイヲコエテイキルノガオヤコウコウダッテ？　ジョウダンジャナイ、ソンナノオヤノ死タイヲフンヅケテイキルッテコトジャナイカ。イマゴロオマエノチチオヤハハカノシタデオモッテイルゾ、ナンデオレノムスコハオレヨリモナガクイキテイルンダロウ、ナンデアイツハオレガアジワエナカッタジカンヲチャッカリトイキテイルンダロウ、オレガ死ンデアイツガイキル、ナンデソンナリフジンガユルサレルンダロウ……チガウカ？　ソレニカンガエテモミロ、オマエノハハオヤニシタッテ、ジブンノオットノキョウネンヲコエテムスコガイキツヅケルナンテノハ、ゴウモンジャナイノカネ？　イキルコトハ、オマエニトッテ、ケッシテオヤコウコウデハナインダヨ。

　マダアルゾ。アイツダヨ、アノソウリダイジンノコトダヨ。オマエハアイツガキライダロウ、エ？　チガウノカ？　アノソウリダイジンヲシジスルトデモイウツモリカ？　ソンナコト、オモッテイルハズガナイヨナ？　アイツハダレガミタッテシミッタレタヤロウダヨ。ミゴトナホドニヨワヨワシイセイジカダヨ。タコクニタイシテガラニモナクツヨキニデルハンメンデ、ジブンノクニノコクミンヲセセラワラウ。ソウダロウ？　アイツハジブントイケンノチガウコクミンヲ、ヒハンスルンジャナク、ジブンヨリオトッタモノトシテセセラワラウンダヨ。ワルイセイジカヤバカナソウリダイジンハムカシモイタケドモ、ココマデジコクミンヲアザケリツクシテホクソエムソウリダイジンハハジメテダロウ？　ソウイウアイツトオナジトチノニンゲンダトイウコトガ、オマエハガマンデキナインダロウ？

　シモノセキノニンゲンタチヲミテミロヨ、ヒゴロハソウリダイジンノワルクチバカリイッテイルクセニ、センキョニナルトアイツヲカタセル。ツマリシモノセキニハジブンノアタマデモノヲカンガエルニンゲンガイナイトイウコトダヨ。ソレコソガアノソウリダイジンノリソウナンダヨ。コクミンハモノヲカンガエナクテイイ、ソノホウガシアワセニナレル、スベテハケンリョクニマカセテオケバイイ、アタマナドイラナイ、カンガエナドイラナイ、ジブンデモノヲカンガエルヒツヨウナンテドコニモナイ、オレタチケンリョクシャガタダシイヨノナカヲツクッテヤルカラ、コクミンハオトナシクシタガッテイレバイイ……コレガアイツノ、アイツジシンモキヅイテイナイホンネダヨ。ナ？　アノソウリダイジントオナジクウキヲコレイジョウスイツヅケルナンテ、テンカノアクタガワショウサッカノプライドガユルサナイダロウ？　ホカノシモノセキシミントチガッテジブンハチテキナサッカダ、バカナソウリダイジンノメノマエニチテキナオレノ死タイヲブラサゲテミセテヤル、ソウダロウ？　ヤハリソウリダイジンダッタアイツノオオオジニ、キガクルッタトシカオモエナイ、トイワセタアノ三島由紀夫ノヨウニ、田中慎弥ヨ、リッパニ自殺シテクレヨ。チャントミテテヤルカラ、ミトドケテヤルカラ、サアサア、コンナショウセツナンカカイテイナイデ、ホラホラホラ、死ンデミセテクレヨ。ドウシタドウシタ、オマエノタマシイヲワタシニミセテクレヨ。田中慎弥トイウニンゲンヲワタシニニンシキサセテクレヨ。ハヤク、ハヤク、ハヤク……

書いている、読んでいる

これをいま読んでいるあなたがもし、ほんの少しでも死のうと考えているのだとしたら、あるいは実際に決行しようとしたことがあり、いまも具体的に思い描いてしまっているのだとしたら、このケチな小説を読んでどうか思いとどまってほしいなどと大きなことは絶対言えないんだが、そしてあなたが遺書の中に、田中慎弥の小説には結局一人の自殺を止める力さえないのだ、自分は人生の終りに全く下らない文章を読んでしまった、と書くのであれば、その筆に待ったをかけられないかもしれないのだが、しかしこう呼びかけることだけは許してもらえないだろうか、このバカな作家だって本当に本当に、命を絶とうとしたことがあるのだと。何度も何度も、あと少しのところまで行ったのだと。

全くぶざまな告白になるけれども、この三、四年ばかりというものは、もともと遅かった仕事がさらに速度を失って、出てくる文章といえばとても日本語の質を保っているとは言えないものばかり。それでも書ければまだいい方なんだが、何も出てこない時はひどいもので、たとえば夢の中でさえ書けない書けないと言って悩んでいる。さて目が覚めて、ああよかった夢だったとほっとするのは一瞬のこと、現実の原稿はその日もたった一行さえ進まないありさまというわけだ。そんなの自己責任じゃないかって？　その通り！　お役所勤め会社勤めで社会に立派に貢献している人たちと違って好き勝手やってる作家が、書けなくなって首一つくくってみせたところで、犬の糞一つほどにも人の顔を歪《ゆが》ませることは出来っこないんだ。僕は誰の目にも止まらずに、ぶら下がることになるんだ。何もかもを揺らす風でさえ、僕の死体をよけて通るだろう。

だからこそ、やってしまえばいいじゃないかと覚悟を決めて、ネクタイの片方に丁寧な輪を作って、もう片方を屋根裏の梁に結びつけるところまでは、確かに行ったんだ。こんなこともあった。道を歩いていて、大きなトラックが走ってくるところへ、間合いを計って飛び込む、その恰好《かっこう》だけはしたんだけど、結局はひ弱に、周到に、あとずさりしたというわけだ。

カミソリを持って風呂場に行ったこともある。殺虫剤を飲もうともした。出来なかった理由は、命を粗末にしちゃいけない、生きたくても生きられない人だっているんだから自分は懸命に生きなきゃいけない、なんて思ったわけじゃなくて、ただどこまでも単純に、怖かったというだけなんだ。その瞬間、この世のどんな不幸な人や貧しい家族や戦場で呼吸を殺して神に祈る兵士たちよりも、このチャチな我が身一つが、この世のどこにも味方のいない作家一匹が、大切だったんだ。味方がいないなんて嘘だろうって？　いやいやとんでもない、文芸誌は僕の遺書を載せたがるだろうし、血のつながった人間たちも、あのやっかいなやつがやっと消えてくれたっていうんで拍手する。人に喜ばれる。なのに、我がちっぽけな恐怖心が、死に場所を生きる場所に変更してしまったんだ。

あなたは思ってるだろうね、どうせこの作家は原稿料のためにこの文章を書いているんじゃないか、結局死なないんじゃないか、と。そうだ、全くなんの言い訳もない。何しろ僕は、自分のためにしか文章を書かない。誰かのためを思って書いた文字は一文字もない。恐怖心一つで死を実現出来ないようなヤワな作家だからね、しょせんは自分のためにしか書けない。だけど正直、絶対に自殺しないとは、言い切れない。やってしまうかもしれない。誰も止めはしないんだから。でも、いまこの文章を書いている時だけは確かに生きているんだ。死んで書ける文章ではないんだ。あなたがいまこれを読んでいるようにね。読んでくれてありがとう。礼を言うのも自分のためでしかない。だからどうか、あなたも、あなたのために。

カワセミ

朝食のあとで目薬を差したら、眼鏡をかけたままだった。あらボケが始まった、と妻が笑った。私は七十五になって半年ほどが過ぎていて、子はなく、つき合った女は妻を含めて二人だけ、そして今日も、あい変らずガタつく入れ歯をいっそ作り直そうかと、いつも通りに考えていた。

妻が笑ってくれたのはありがたかったが、それでも私は自分の失敗に驚き、深刻に黙った。昔の作家の小説に、老人が湯呑《ゆの》みと間違えて灰皿に茶を注ぐという場面があった。誰のなんという作品だったろうか。こういう時にすっと思い出せないのも眼鏡に目薬と同じかもしれない。そんな小説などなくて、自分がついさっき灰皿に注いだのを読書の記憶にすり替えたかのようだ。私は煙草《たばこ》を吸わない。

だがあの女は吸っていた。故郷の話の時も。

新聞を読みながらコーヒーを飲んだあと、散歩に出た。時々行くから妻も特に何も言わず送り出してくれた。この季節にしては肌寒く、ジャケットを着た。

川沿いを歩いた。犬の散歩をする人やジョギングの人とすれ違い、欄干際のいつものベンチに腰を下ろした。小魚くらいは泳いでいるようだが、釣りをする人はまずいない。コンクリートで護岸され、野鳥も少ない。また、犬を散歩させる人がベンチのうしろを通り過ぎた。若い女で、髪を長く垂らしていた。犬は黒くて大きかった。

妻の前につき合った女とはほんの一年足らずだった。私も女もまだ学生で、体の欲求のためだけの関係だった。こちらからも呼び出したが女の方からも私を呼んだ。激しく求めてきた。便利だった。金もいらなかった。安保闘争には目もくれなかった。

よけいな話をほとんどしなかった女が一度だけ、故郷のことを口にした。九州の山間部なのだと言った。

「なんにもないところ。田んぼと畑と山と川。別に故郷がいやになったわけじゃなかった。両親は優しいし近所の人たちもよくしてくれたし。でもそれだけ。人が優しくて空気がよくてほんとにいいところ、それだけなの。嫌いになる要素がなんにもないくらいに、退屈だった。」

自慢するような口ぶりでそう言った時にも、女は煙草を吸っていたのだった。そしてカワセミの話をした。

「ほんとに綺麗な鳥なの。青にも緑にも見える小っちゃな光の塊が飛んでくの。」

澄んだ水のあるところにしかいないというその鳥に、女は何かを重ねてみていたのだろうか。案外、故郷に帰りたかったのではなかろうか。大学をやめて連絡がつかなくなった女を、

という より女の体を、私は探した。あれほど何かを求めたことはなかった。海外へ行ったという噂話《うわさばなし》を何度か聞いただけだった。故郷へ戻ったという話はなかった。私は気持よく泣いた。

卒業後、職場で知り合った妻に、私はおかしなほど人生の安らぎを感じ、二十代で結婚した。後悔はなかったが、女の記憶は消えなかった。妻も私同様都市部の生れで、煙草は吸わなかった。二年に一度くらい、夫婦で旅行に出かけた。九州の温泉にも行った。カワセミを見たことはなかった。特に期待したわけでもないのに、澄んだ水のあるところに行くと、ふと探してみるのだった。

いま見ている汚れた水辺にもカワセミはいない。都会に棲《す》むこともあると聞くが、ここにいるとは思えなかった。この川からごみが消えて清流になり、カワセミが飛ぶことがいつかあるとして、その時まで私は生きられないかもしれない。それでもいい。あの時カワセミの話をした女も、故郷に戻りたくなどなかったに違いない。

髪の長い女が戻ってきた。黒い犬の舌が赤い。

あとがき

「掌劇場」の第一弾を二〇一二年に出したあと、二〇一五年の九月に連載を終えるまでの四十四篇を収めたのがこの本ということになる。

　自分には長いものより短いものの方が向いていると思っている。だから連載をやめるのは私にとってかなりの決断だった。作家になって十年が経ち、いままで通りのやり方を続けていては駄目だと感じた。根拠はない。直感だ。とにかく、自分に一番合ったものを自分の手で封じることで、作家として次の段階に行けるのではないかと考えたのだ。それだけにこの一冊には、私の中にある、これまで小説を書かせてきた要素も、これからどこへ行くか分らない不安も詰っている。

　しかし、作家として今後どうなるだろう、などと考える必要はない。書くだけだ。「掌劇場」はいま、私を離れ、私の足跡になった。

二〇一六年三月

田中慎弥

毎日新聞西部本社版連載　二〇一二年二月二〇日～二〇一五年九月一三日

田中慎弥 たなか・しんや

一九七二年山口県生まれ。二〇〇五年「冷たい水の羊」で第三七回新潮新人賞受賞。二〇〇八年「蛹」で第三四回川端康成文学賞受賞。同年「蛹」を収録した作品集『切れた鎖』で第二一回三島由紀夫賞受賞。二〇一二年「共喰い」で第一四六回芥川龍之介賞受賞。主な著書に『図書準備室』『実験』『神様のいない日本シリーズ』『犬と鴉』『共喰い』『田中慎弥の掌劇場』『夜蜘蛛』『燃える家』『宰相A』などがある。

編集協力　大場葉子

ブックデザイン　アルビレオ

炎《ほのお》と苗《なえ》木《ぎ》

田《た》中《なか》慎《しん》弥《や》の掌《しょう》劇《げき》場《じょう》

印刷日　二〇一六年五月五日

発行日　二〇一六年五月二〇日

著者　田《た》中《なか》慎《しん》弥《や》

発行所　毎日新聞出版

〒一〇二-〇〇七四

東京都千代田区九段南一-六-一七　千代田会館五階

営業本部　〇三(六二六五)六九四一

図書第一編集部　〇三(六二六五)六七四五

印刷　精文堂

製本　大口製本

ISBN978-4-620-10820-9